打造僑務工作 4.0

從駐泰數位外交經驗到全球僑務工作智能化

童振源 著

序言
打造僑務工作4.0

　　三年駐節泰國的經驗，有太多故事希望與大家分享，也希望藉此表達對於泰國僑胞與朋友的誠摯謝意。從泰國回到臺灣、到僑委會工作已經九個月，白天在辦公室的行程滿滿，晚上也幾乎都有行程，我經常還要抱著公文回家批改，實在沒有時間將泰國經驗的故事寫出來。

　　我並沒有寫日記的習慣，而記憶力是有限的，很擔心忘掉在泰國期間的珍貴回憶與感人故事。趁著今年春節連假空檔，我努力抓緊時間完成這本書初稿，再利用幾個週末時間校對與彙整照片。非常感謝子揚提供我出使泰國的照片及出版社編輯的專業協助，終於讓這本書在最短時間內出版。

　　以前在學術界關心國際政經局勢與臺灣內外發展政策，出版不少專書或論文，內容有理論、歷史、調查與建議，但是要落實到現實世界必須相當謹慎，絕不能空有理想與創意便貿然採取改革與創新作法，要避免造成外國友人、僑胞與國人對政府施政失去信心，更要兼顧體制的運作與同仁的負擔。

　　面對內外環境挑戰與政策目標要求，三年駐節泰國讓我有機會嘗試推動一些創新作法，因緣際會，再有機會將這些經驗運用到全球僑務工作。透過這本書，我希望與各位讀者分享數位外交與整合機制的三年駐泰經驗，以及當前推動僑務工作的施政理念、方案與成效。希望透過此書與大家分享其中的起心動念、溝通協調、執行困難與成果檢視。

當然，外交還是有很多故事不足或不能為外人道，或許要等20-30年才能公布（我大概也忘了），才不會對臺泰關係或當事人造成影響或困擾，這些是我必須謹守的分際。因此，這本書分享的駐泰經驗大部分是推行公眾外交經驗，運用整合機制擴大資源與服務能量的方式，及透過數位科技服務僑胞與推動新南向政策的成果。

駐泰經驗的整合機制與數位科技絕大部分都可以運用到全球僑務工作。然而，這些經驗並不是理所當然便可以直接運用到全球僑務工作，而是要進行廣泛溝通與調適轉化，才能匯聚力量與發揮成效。從去年五月中旬宣布我將接任僑務委員長那天開始迄今，我便一直在做這件工作。

在泰國時，僑務組同仁是代表處所有組室當中最忙碌的一組，兩位僑務同仁要服務15萬臺僑、700萬華人、10萬泰北鄉親，平日很多僑務工作與僑宴、假日更是要參加與協助僑團活動，幾乎全年不得休假。回臺灣前，我告訴駐泰僑務組同仁，希望他們能做更多事情、服務更多僑胞，但希望花更少時間，要運用數位科技與整合機制達成工作目標。

回到僑委會工作，挑戰不比泰國小。僑委會總部有263位同仁（實際在職大約252位）、57位駐外同仁（去年才增加3位駐外同仁），要服務全世界205萬臺僑、4,900萬華人、2,676個僑團、1,054家僑校、二萬五千位僑校教師、三十八萬僑校學生、四萬多家臺商、三萬在臺僑生與十六萬海外僑生校友，而且還要面對國內各級長官、立法院與監察院、中央部會與地方政府、各行各業與民間組織、媒體與社會大眾的要求。我告訴同事，我們在進行「一本萬利」工程，要運用最少資源、動員最少人力、發揮最大能量、達成最大成效。

要以有限資源服務全球廣大僑胞與鏈結臺灣百工百業，僑委會便

必須創新與突破，未來希望從「僑務工作1.0」傳統服務模式（面對面的交流與服務）、轉型建立「僑務工作2.0」數位化整合平臺（泰國經驗）、再進階採取「僑務工作3.0」槓桿支點（發揮臺灣優勢壯大僑胞、匯聚僑胞能量壯大臺灣的現在模式）、最後朝向「僑務工作4.0」智能化（未來模式）的方向努力，全面建置與分析僑務資料庫，發揮決策支援、精準服務、政府連結、民生運用、個人使用的加乘作用與資料經濟，加速落實發揮臺灣優勢壯大僑胞、匯聚僑胞能量壯大臺灣。

　　非常感謝泰國朋友與僑胞對我在泰國服務三年期間的鼎力支持與珍貴友誼，我會一輩子都記得與回報您們，謹將這本書獻給您們，作為我們共同美好回憶的見證與紀念。事實上，還有很多泰國僑胞與朋友對我出使泰國期間給予協助，但是限於時間而無法分享更多故事，在此先向各位朋友與鄉親致歉。本書如有任何疏漏的地方，也請您們不吝指正。日後有時間，我會繼續書寫更多泰國的懷念故事與分享僑委會的工作經驗。

　　最後，僑務工作不僅要服務全球僑胞，也應該服務臺灣各行各業，透過雙向交流與合作，以需求與績效為導向，才能優勢互補、壯大彼此。敬請本書的海內外讀者都能給予全球僑務工作同仁更多指教與支持，協助僑委會落實服務全球僑胞與鏈結臺灣百工百業，達成壯大臺灣與全球僑胞的雙重使命！

童振源 委員長
中華民國僑務委員會
2021年3月27日

CONTENTS 目次

01
CHAPTER

第一次到泰國就擔任大使

二十五年前在美國華府唸書時，有一位泰國外交官是我的同學，記得她個子不高、滿臉笑容、非常和善，而且我經常到學校後面吃泰國菜，這便是我對泰國的第一印象。過去十幾年在政治大學任教期間，我從事國際經濟與國際政經情勢研究，肇始於泰國的1997-1998年亞洲金融風暴便是我在學校講授國際經濟的個案研究，東亞經濟整合研究也是我升等教授的專書，但始終無緣到泰國交流或旅遊。

　　2016年10月以後，我在國家安全會議擔任諮詢委員，負責東南亞情勢的政經分析及政策建議，幾乎每個星期都會邀請學者專家到國安會進行東南亞情勢研析會議，泰國是其中的重點國家。我在國安會撰寫的第一篇報告便是泰國國王駕崩後的泰國情勢分析。基於這些背景，總統希望派我到泰國做好兩項工作：照顧好僑胞及落實新南向政策。結果，因緣際會，我第一次到泰國就擔任中華民國駐泰國大使。

1.1 | 泰國，Sabai, Sabai的微笑國度

　　泰國是君主立憲國家、民眾對國王非常尊崇。泰國卻克里王朝第九代國王蒲美蓬（Bhumibol Adulyadej）大帝，亦稱拉瑪九世（Rama IX），在位超過70年，於2016年10月13日駕崩，為泰國歷史上統治時間最長的國君，民眾對蒲美蓬大帝非常愛戴。接著，瓦吉拉隆功（Maha Vajiralongkorn）國王繼任，亦稱拉瑪十世（Rama X），2016年12月1日正式即位，並於2019年5月4日於曼谷大皇宮舉行加冕儀式。

　　在政府方面，2014年5月20日泰國軍方宣布實施戒嚴法，泰國陸軍總司令巴育（Prayut Chan-ocha）接掌政權，並成立「國家和平秩序委員會」管理全國。這是泰國自1932年君主立憲以來，軍方第12次發動政變。泰國國會被軍政府罷免，並由國家立法議會取代，250名議員全由泰國軍方委任。經過公民投票通過與按照國王意見修改後，瓦吉拉隆功國王於2017年4月6日簽署新憲法，此後泰國政壇與社會便期待盡快舉行全國民主選舉。

　　經過將近兩年，2019年3月24日泰國舉行全國國會議員選舉。泰國國會實行兩院制，即參議院和眾議院。參議院設有250個議席，全由泰國軍方委任產生。眾議院設有500個席位，全由選舉產生。巴育總理的支持者在2018年初成立公民力量黨，在眾議院選舉取得116席，為第二大黨。總理職位由參眾兩院議員共同決定，公民力量黨只要拉攏10席在野黨席次，加上參議院250席，便可達到過半數的376席，進而取得總理職位進行組閣。因此，公民力量黨聯合泰自豪黨、

左：泰國國會議員選舉投票（2019/3/24）
右：泰國國會議員選舉開票（2019/3/24）

民主黨等黨派取得眾議院些微過半數，連同參議院250席，巴育成功延續其總理一職至今。

　　泰國土地面積為51萬平方公里、是臺灣十四倍大，大部份為低緩的山地和高原，大部分地區屬於熱帶季風氣候、常年溫度不下攝氏18℃、十一月至隔年三月是溫和舒爽乾季，平均年降水量約1,000毫米，中部是昭披耶河平原、土地豐饒物產豐隆，是泰國主要農產地。泰國農業人口仍佔40%左右，大部分在泰國中部與東北部地區。

　　在經濟部分，泰國是全球稻米出口前3大國，水果、橡膠和樹薯等品質產量都有亮眼的成績。觀光產業更是舉世聞名，2019年吸引超過4,100萬人次的國際觀光客造訪，產值佔泰國GDP將近20%。工業發展上，包括汽機車工業和電子、石化產業等，泰國皆位居東南亞國協（ASEAN）國家的領頭羊地位，是全球第九大汽車生產基地。曼谷地區相當國際化、基礎設施相對完備，跨國企業投資泰國相當多，日本、美國與臺灣分列三大外資來源。

　　泰國人口將近七千萬，94%人口信奉佛教，人民普遍溫和善良、樂天知命，泰國人的生活步調常以「Sabai, Sabai」（舒適、舒適）

或「Zai Yen Yen」（慢慢來）形容。蒲美蓬大帝在1974年提出的「適足經濟」（Sufficiency Economy）哲學，讓多數泰國人遵從「自給自足、知足常樂」的生活信念。所以，泰國又被稱為「微笑國度」。

泰國華裔人口至少700萬人，甚至有估計達到2,600萬人，相當一部份來自中國廣東省潮汕地區（超過半數），來自廣西、海南與福建的華人也相當多。自18世紀到20世紀中葉，潮州話曾經是曼谷華人中最具影響力的語言。曼谷唐人街有著中文和泰文的雙語標誌。不少華語詞彙成為泰語詞彙，特別是泰語內菜餚食物的名稱與數字。因擔心被共產黨赤化，泰國早期禁止泰國人民學華語，華人歸化為泰籍需要有泰文名字，直到1990年代才恢復可以學華語。

▎ 在當地僑領陪同下參訪曼谷唐人街並引薦當地政府官員（2019/1/8）

在曼谷唐人街吃餛飩（2019/1/8）

　　泰國社會不排斥華人，政府很多高階官員都是華人，十大富豪中有八位是華人，甚至泰國皇室都有華人背景。在泰國29位全部總理當中，具有華人血統的便有18位，包括川立派（Chuan Likphai，華文名呂基文）便曾兩次擔任總理，現任泰國眾議院議長；其他華人的總理還包括班漢（Banhan Sinlapa-acha，華文名馬德祥）、塔克辛（Thaksin Chinnawat，華文名丘達新）、沙馬（Samak Sunthorawet，華文名李沙馬）、艾比希（Aphisit Wetchachiwa，華文名袁馬克）、盈拉（Yinglak Chinnawat，華文名丘英樂）。

　　從2014年至2017年在軍人執政期間，泰國的經濟成長率大約平均3.2%（在東協各國居於後半段班），人均所得大約七千美元。因此，巴育政府在2017年推出泰國4.0經濟發展計畫，希望透過在東部經濟走廊（包括三個府：春武里府、北柳府、羅勇府）發展十大重點產業，包括下一代汽車、智慧電子、醫療與休閒觀光、農業與生物科技、未來食品等五項既有產業，機器人、航太與運輸、生質能源與生物化學、數位經濟、醫療中心等五項未來產業，發展自動化、數位化

及創新化，跳脫中等收入的陷阱、帶動泰國經濟新一波成長動能。

　　泰國在1975年與中國建交，臺灣與泰國斷交後仍維持非常密切的社會與經濟關係。2016年，在泰國臺商大約有五千家、十五萬人，投資金額大約一百四十億美元，居外商投資泰國第三位（僅次於日本與美國），但大多是中小企業。臺灣是泰國的第十一大貿易夥伴，泰國移工在臺灣工作人數將近六萬人，臺灣赴泰旅遊532,787人次，泰國人到臺灣旅遊195,640人次。然而，泰國到臺灣唸書的學生只有1,771人，而臺灣到泰國唸書的學生更少。

　　2017年6月29日，總統府公布我將擔任駐泰大使時，我告訴媒體，我將積極服務旅泰僑民，強化臺灣人民與泰國人民的友誼，加速落實新南向政策，鞏固兩國的友好發展夥伴關係，促進兩國經濟共同繁榮與提升兩國人民福祉。此外，我表示，泰國政府正在推動「泰國4.0政策」，與臺灣「5+2產業創新」及新南向「五大旗艦計畫」有很多互補空間，希望促成臺泰在這些領域的交流與合作。

| 朝向創新與高所得國家的泰國4.0經濟發展計畫

| 泰國財政部副部長Kiatchai Sophastienphong與童振源大使在拜訪臺商時交換意見（2017/8/4）

事實上，在府方徵詢我出使泰國後，我便與國安會助理構思如何在最短的時間內做出讓民眾有感的成果。我們設定建構「臺泰發展夥伴關係」為現階段對泰國工作之總目標，希望透過新媒體與數位科技擴大連結與整合各方面資源，對泰國僑胞與臺灣民眾提供更多元與更便利的服務，希望強化醫衛產業與影視產業的交流，帶動臺灣品牌、價值、產品與服務對泰國輸出，並且透過電商協助臺商行銷產品。還有，我希望協助泰國臺商升級轉型，並鼓勵與協助他們回臺灣投資。

駐泰代表處邀請臺商電商業者舉辦泰國臺（僑）商行銷座談會，泰北臺商總會名譽總會長徐壬發（右三）與多位僑胞特地自清邁前往曼谷參加。（2018/7/05）

左：去泰國前，童振源大使接受泰國駐臺大使畢倫宴請（2017/7/19）
右：泰國駐臺大使畢倫親手將泰國簽證交予童振源大使並祝福使泰順利（2017/7/19）

1.2 這天起，我們在泰國相會

　　2017年7月22日，在泰國臺商總會總會長劉樹添及好多位泰國臺商陪同下，我前往泰國赴任。到曼谷下飛機的時候，著實讓我嚇一跳，二十多位泰國臺商已經在空橋入口列隊歡迎我，他們都是機場義警隊，直接到機場管制區來迎接我，引領我們通關及到機場入境貴賓室。這在全世界國際機場絕無僅有，顯示我們臺商對泰國社會的奉獻及與當地政府建立良好關係。

▎泰國曼谷國際機場臺商義警隊在機場迎接童振源大使（2017/7/22）

出海關後，包括僑團、商會與同鄉會等代表約100人泰華各界僑胞到機場接機，紛紛獻上泰式花環，熱情歡迎我抵泰履新。我向僑胞與媒體說明，上任後有兩大重要任務，包括搭建臺泰友誼的橋梁與開拓共同繁榮的平臺，促進臺灣與泰國間友好發展的夥伴關係。

　　從此展開我擔任駐泰大使將近三年的生涯！

| 泰華各界在曼谷機場歡迎童振源大使蒞泰履新（2017/7/22）

1.3 駐泰代表處推動新南向政策的三項挑戰

　　到泰國不久，我發現駐泰代表處推動新南向政策存在三項挑戰：同仁忙於到機場接送機與市區交通堵塞嚴重；很多新南向業務專責部會沒有派駐同仁到泰國；推動新南向政策第一線的代表處經費相當有限。

以堵車為常態的曼谷交通

　　7月24日我第一天到代表處上班，曼谷市區堵車嚴重，二十分鐘的車程開了將近一個小時十五分鐘。到辦公室後，我發現很多同仁都不在辦公室，大概一半在機場（接送機及協助轉機）、另外一半在路上（因為交通堵塞）。於是，我規定，除了次長以上的各部會長官來泰國可以接送機，其他未經許可，均不得接送機或協助轉機。此外，我開始啟動將馬路變成網路的計畫，推行數位外交，推出各項數位聯繫窗口與交流平臺，以克服曼谷堵車困擾。

　　曼谷堵車相當嚴重，很難以距離衡量時間。剛到曼谷沒多久，我開始在官邸與僑領餐敘。有一位泰國上市公司董事長已經八十五歲左右，因為堵車，他請司機送他到高架捷運（BTS）車站搭乘到官邸附近，然後換乘計程摩托車到官邸，但仍遲到將近一個小時。他告訴我，在曼谷約時間是正負一小時都不算遲到，所以我經常在官邸樓下遇到很多提前赴宴的僑領與泰國朋友。最嚴重的一次，我約了十幾位僑領在官邸餐敘，我從辦公室下午5點10分離開，到了7點半只到官邸附近巷道路口，我只好下車走狹窄巷道回官邸，但卻在樓下遇到臺商

總會總會長及兩位副總會長剛好搭乘計程摩托車到官邸樓下，有僑領甚至開車三個多小時才到。

派駐人力不足

駐泰代表處是臺灣在全球的第五大外館，總共有77位同仁，34位從臺灣來，來自於11個部會，除了外交部與經濟部之外，其他部會都只有1-2位派駐同仁，另外43位是當地的雇員，主要負責行政庶務與翻譯工作。然而，77位同仁卻要服務泰國15萬臺僑、10萬泰北雲南鄉親、700萬華人、7,000萬泰國民眾，而且34位臺灣來的同仁對當地社會文化的瞭解有限。於是，我開始培訓通曉泰語又熟悉當地社會文化的雇員半年以上，讓他們擔任第一線數位聯繫窗口，以泰語擴大與泰國社會溝通與交流效益。

再者，新南向政策提出五項旗艦計畫，但是很多新南向業務專責部會並沒有派駐同仁到泰國：產業創新合作（國發會沒有派駐，由經濟部四位同仁協助）、產業人才培育（教育部只有一位同仁，而且還要兼轄緬甸）、區域農業發展（農委會到2019年7月才派駐一位同仁到泰國）、醫衛合作與產業鏈發展（衛福部至今都沒有派駐同仁）、新南向論壇與青年交流平臺（外交部有十三位同仁）。另外，還有三項潛力領域：跨境電商（經濟部有四位同仁）、觀光（交通部到2017年底才派駐一位同仁到泰國）、公共工程（工程會沒有派駐，由經濟部四位同仁協助）。

資源有待跨部會整合

沒有派駐泰國的部會業務便是由外交部同仁承擔；然而，這不僅是人力問題，更是專業與資源的問題。例如，我曾經請政務組同仁

撰寫臺泰醫衛交流現況的備忘錄，但是幾乎沒有資訊可寫。這狀況凸顯駐外機構需要與國內各部會溝通與整合的迫切需求，包括資訊、人脈與資源，才能擴大在泰國推動新南向政策的能量。當時，我打電話給衛福部的何啟功次長，請他來泰國走一趟，我全程陪同他參訪各機構，以便認識臺泰雙方醫衛界朋友。之後，駐泰代表處便與衛福部合作建立「臺泰醫衛交流服務平臺」，促進臺泰醫療機構與產業溝通連結、專業交流與互惠合作。

最後，幾乎所有的專案經費都掌握在各部會，扣除基本的維運開銷費用，駐泰代表處推動政策的業務經費相當有限。如果坐待各部會的規劃與執行，我在泰國只是出面致詞與拍照，恐怕流於被動，而且也不容易擴大政策成效。因此，需要採取創新作為與積極整合各方資源，方能擴大能量快速落實總統交代的兩項任務：妥善照顧僑胞與落實新南向政策。

陪同何啓功次長及彰化基督教醫院訪團參訪泰國醫院（2017/12/20）

1.4 | 整合資源，照顧僑胞

資訊整合，建立橫向溝通

　　要整合資源的第一件事便是資訊整合。上班的第二個星期，我便要求日後每個星期開處務會議，每個組的報告時間不能超過三分鐘，以便各業務組進行橫向溝通與合作，發揮十一個部會駐泰國同仁的整合力量，而不是每個部會駐泰國同仁單打獨鬥。例如，臺灣教育界要招攬泰國學生，我們必須發揮教育優勢、政府關係、國會人脈、僑界力量、經濟優勢、科技能量、文化親善、觀光喜愛，唯有整合總體力量，才能大幅擴大招生力道，而不是只有一位教育組同仁拼命招生。

　　記得到泰國半年之後，我便運用各部會的資源，每個月在泰國進行大型行銷活動。每年的1月底、2月初，臺灣都有參加泰國春季旅展，我向交通部觀光局要一個攤位，由駐泰代表處僱員以泰語在旅展行銷教育與代表處臉書；三月底的國際書展活動都有180萬人次參觀，我向文化部要攤位，請僱員以泰語行銷教育、觀光與臉書；臺灣參加很多產業展，包括2018年8月底舉辦泰國臺灣形象展，我請僱員設攤位以泰語行銷教育、觀光與臉書；7-8月的教育展，我請僱員設攤位行銷觀光與臉書；8-9月的泰國秋季旅展，我請僱員設攤位以泰語行銷教育與臉書。

| 童振源大使接受泰國國際書展主辦單位頒發臺灣將擔任主題國證明（2018/3/6）

左：泰國詩琳通公主參觀泰國國際書展的臺灣主題館（2018/3/29）
右：童振源大使陪同陳歐珀委員及管碧玲委員參觀泰國國際書展（2018/4/6）

　　此外，我也運用代表處既有的活動資源行銷臺灣高科技產業與文化。到泰國沒有多久，駐處同仁便開始規劃例行的雙十國慶晚會，每年都花不少錢在曼谷市中心的凱悅飯店（Grand Hyatt Erawan Hotel）舉辦，但是我到曼谷參加各國國慶晚會，發現來賓停留與交流時間並不長。因此，我便向臺灣的高科技企業說明，代表處無法提供經費補助，但是可以免費提供國慶晚會的國際舞臺，在八百多位重要僑領與

| 2017年駐泰代表處國慶晚會臺灣高科技業者展示AR科技（2017/10/10）

泰國貴賓前面展示臺灣高科技產業，同時我們也會邀請臺灣與泰國媒體協助報導。最後，臺灣八家VR（虛擬實境）業者願意來展示，我在國慶晚會致詞後，便引領僑領與貴賓體驗臺灣的VR科技。

借力使力，鄧麗君歌曲拉近了我們的距離

我正在苦思如何運用第二年的國慶晚會資源行銷臺灣。第二（2018）年開春不久，我參加泰國暹羅天使劇場（Siam Niramit）一項駐外使節文化活動，最後一項表演由泰國人彈唱鄧麗君歌曲〈甜蜜蜜〉，瞬時間現場三千多位國內外的賓客開始跟著哼唱，鄧麗君女士在亞洲的影響力著實令我震撼。事實上，到泰國半年的時間，我便發現泰國人都非常喜歡鄧麗君的歌曲，而且無論懂不懂華語，都喜歡聽、甚至會唱幾首，僑胞更喜歡在各種場合歡唱鄧麗君經典歌曲。

因此，我開始聯絡臺灣的鄧麗君基金會是否可以來泰國以全息投影科技，讓鄧麗君女士復活般地在國慶晚會演唱，可惜他們的檔期無法配合。於是，在僑胞的支持下，第二年的國慶晚會便邀請素有「小鄧麗君」之稱的臺籍歌手張瀞云女士及客家金曲歌王羅文裕先生，到曼谷國慶晚會現場演唱臺灣愛國歌后鄧麗君的代表作品，行銷臺灣的文化、推廣娛樂產業、促進臺泰親善關係。

鄧麗君歌曲的文化饗宴很受僑胞與泰國貴賓的歡迎。在臺灣會館與世界華人工商婦女企管協會（簡稱「世華」）泰國分會的支持下，第三（2019）年國慶晚會希望能在泰國先辦華語歌唱比賽，邀請得獎的泰國民眾或僑界青年上臺演唱臺灣的華語歌曲，同時邀請世華姊妹上臺合唱組曲。在駐處文化組協助與世華姊妹的鼎力支持下，第三年

左：參加泰國暹羅天使劇場文化活動（2018/3/17）
右：張瀞云小姐與羅文裕先生在2018年駐泰代表處國慶晚會演唱鄧麗君歌曲（2018/10/10）

「世界華人工商婦女企管協會」泰國分會在2019年駐泰代表處國慶晚會合唱（2019/10/10）

┃ 童振源大使與中華會館理監事聚餐（2017/9/2）

┃ 左：臺灣會館舉辦嘉年華會協助臺商媒合商機（2017/8/6）
┃ 右：僱員製作立牌到臺灣會館宣傳臺灣投資窗口與LINE帳號TaiwanFDI（2018/1/26）

國慶晚會更受歡迎，很多貴賓聽完將近五十分鐘的上下兩場演唱才離開，再一次賓主同歡、成功行銷臺灣文化。

　　此外，僑團聚會或僑胞活動是行銷服務僑胞與新南向政策的最好場合。中華會館的理監事固定每一季都會與代表處同仁聚餐，在疫情爆發前，除了一次沒到之外，我每一次都會參加，而且每一次都會向僑領報告代表處的推動政策與業務，當然也聆聽僑領的建言。泰國臺灣會館是全球最大的臺灣會館，每年舉辦相當多活動，大部分都會吸引上千位僑胞參加，所以我請同仁與僱員到會館活動設立攤位，宣傳政策與服務。

中華民國107年、108年國慶＠泰國

1.5 彙集國內資源，落實新南向，多面向秀出臺灣

　　還有一個重要場合行銷臺灣，便是駐泰代表處在2019年7月24日舉行新館落成啟用典禮。首先，我們與臺灣各縣市合作，將新館左側走道佈置成臺灣觀光走廊，每一片玻璃牆都貼上各縣市最漂亮的四張觀光照片，讓每天來代表處辦理證件的3、400位泰國民眾或僑胞都能體會臺灣之美，而且透過QR Code可以下載所有美圖檔案。此外，我們還將各縣市觀光美圖作成有編號的限量版紀念品，當作禮品贈送給泰國僑領與貴賓，作為他們典藏臺灣美景的珍貴紀念品。

▌駐泰代表處臺灣觀光走廊（2019/7/10）

左：駐泰代表處臺灣觀光走廊（2019/7/10）
右：致贈臺灣觀光美圖給中華會館丘菁瑛理事長（2019/7/13）

致贈臺灣觀光美圖給泰國國會永裕議員（2019/7/20）

　　其次，新館一樓中庭做為臺灣藝術展示區，展示僑領製作的花飾，臺灣藝術家捐贈的畫作及僑胞捐贈的攝影作品，藉此行銷臺灣文

左：莊陳艷紅女士佈置駐泰代表處新館中庭花飾（2019/7/23）
右：莊陳艷紅女士製作駐泰代表處新館花飾（2019/7/23）

化。泰國僑領莊陳艷紅女士當時已經八十幾歲高齡，但為了新館落成數夜趕工製作花飾，包括將中庭原來有個七尺見方空洞佈置成漂亮的翡翠花瓶及開幕剪綵用的所有花籃花飾。

僑領莊建模捐贈新館的攝影作品（2019/7/24）

上：祝賀駐泰代表處新館落成（2019/7/24）
下：駐泰代表處新館落成典禮（2019/7/24）

另外，三樓大禮堂改作臺灣高科技展示中心，無償提供臺灣產官研學部門，到泰國展出先進創新的科技產品，以吸引泰國各界及臺商觀摩我國高科技進步實況，成為宣介臺灣科技軟實力的窗口，並作為

▎駐泰代表處高科技展示中心（2019/7/24）

臺泰高科技產業交流場域。在開幕當天，「臺灣創新科技展」在臺灣高科技展示中心展出，由臺灣亞洲矽谷計畫執行中心、資策會及藍海加速器邀集具代表性的臺灣新創科技廠商，如經緯航太、禾生科技、一碩科技、智頻科技、聯騏技研等共同舉辦，透過各項展品呈現臺灣在無人機、智慧農業、物聯網、人工智能、智慧交通等各項新創領域的高端發展。

還有，劉樂群創辦人的舞鈴劇團鼎力支持，特地編曲、到泰國為新館落成演出《美麗島嶼》，邀請臺灣頂尖的音樂作曲家楊琇雲擔任音樂創作，詹雅真擔任服裝設計，洪沁怡擔任造型設計，演出團隊集結了讓太陽劇團都想邀請加入的舞鈴劇場首席舞者劉芸領銜擔綱演出，包含舞鈴舞者團隊、立方體和雙人特技舞者、打擊樂手和現場原住民演唱歌手舞思愛等藝術家，呈現來自臺灣，世界獨一無二的舞鈴藝術饗宴。

舞鈴劇團到泰國為駐泰代表處新館落成表演（2019/7/24）

童振源大使感謝舞鈴劇團劉樂群創辦人（2019/7/24）

建立獎勵制度，同仁同心打拚，表現超標

　　當然，代表處最大的資源便是77位同仁，如何讓同仁與當地僱員發揮創意與創新相當重要，但也是最困難的工作。大約在2017年10月，我便開始與同仁討論創新提案的激勵制度。除了公使與負責評選的行政組長之外，其他同仁都可以提案與接受獎勵。為了精準評估創新提案可行性，所有通過初選的創新提案都需要經過各業務組正式簽呈評估，再由我從中挑出具體可行的傑出創新提案。

　　為獎勵同仁提出創新方案，我將所有僑界或朋友送我的贈禮都當作獎品，每個獎品都按照評估的市值轉換成相應點數，以作為同仁獲得獎勵點數兌換的贈品。同時，同仁考績中有一項創新項目的評核，我便以這些提案成果作為評估標準，倘若達到一定點數門檻，代表處將函請各部會獎勵獲獎同仁。最後，為鼓勵瞭解當地文化與社會的泰籍僱員參與，又考量僱員的中文撰寫能力有限，所以特別提供獲獎的提案額外三分之一點數給協助中文撰寫的僱員。

童振源大使頒發創新
提案獎勵證書給僱員
（2018/5/2）

行銷與宣傳非常重要。要向泰國朋友與僑胞行銷臺灣（無論是教育、觀光、科技、產業、醫療與農業等等），才能獲得泰國各界與僑界的迴響與支持，進而落實照顧僑胞與新南向政策，也要讓臺灣民眾了解臺泰關係在投資、就業、就學、招生、產業、科技等等面向的發展機會與新南向政策的成效，才能獲得民眾支持與整合更多資源推動政策。具體做法分成五個面向：其一，強化駐泰代表處的數位行銷能量；其二，擴大臺灣與泰國媒體對駐泰代表處的報導能量；其三，結合泰國社會各界與網紅的力量擴大駐泰代表處行銷能量；其四，利用我回臺灣參訪或休假的機會盡可能接受臺灣媒體的採訪；第五，協助臺灣電視臺到泰國落地直播頻道節目，更直接讓泰國朋友透過電視節目瞭解臺灣。

　　我到泰國時，駐泰代表處新聞組只有一位臺灣派駐同仁，而且沒有運用臉書或社群媒體行銷臺灣。在盤點相關人事後，我增派一位同仁專責規劃與推廣臉書。我花了很多時間與他溝通臉書規劃，也邀請泰國僑界共襄盛舉及臺灣的行銷公司提供協助。規劃完成後，我與這位同仁約法三章，如果臉書粉絲人數從零成長到二萬五千人（當時外交部的粉絲數）便函請外交部記一支嘉獎；如果臉書粉絲人數成長到十萬五千人（當時行政院的粉絲數）便函請記二支嘉獎；如果臉書粉絲人數成長到三十萬人（當時各部會最多的粉絲數）便函請記一支小功。

　　在僑界的共同支持與同仁努力下，臉書「臺泰粉絲頁」（Taiwan Thailand Fans）於2017年12月8日正式成立。不到一個月，十二月底我在泰北參訪時，將近晚上十二點接到負責同仁的LINE訊息，迫不及待地告訴我，他已經達成第一階段目標。時至2021年初，駐泰代表處臉書已超過五萬六千名粉絲。

集合僑界力量成立臉書「臺泰粉絲頁」（2017/12/8）

上：駐泰期間每個月都接受中央廣播電臺《早
　　安臺灣》節目夏治平主持人電話專訪
　　（2020/7/7）
下：接受泰國電視臺專訪（2017/12/1）

積極尋求媒體曝光，廣為宣傳駐泰政策

　　到泰國第二天，我便邀請中央廣播電臺記者來採訪臺泰產業高峰會，同時發布新聞稿給以前在臺灣認識的媒體朋友，並組成臺灣、泰國與外媒媒體群組常態性提供駐泰代表處新聞稿。後來，我固定每個月接受中央廣播電臺《早安臺灣》節目夏治平主持人的電話專訪半小時，直到我回到臺灣持續二年半的時間。只要泰國或臺灣媒體願意採訪我，我幾乎沒有拒絕過，以便爭取免費行銷臺灣或新南向政策成果的

左：接受《世界日報》專訪（2018/9/27）
右：接受泰國媒體採訪（2019/4/9）

B6 僑社新聞 หนังสือพิมพ์สากล **世界日報** 公元 2019 年（2562）2 月 16 日 星期六

童振源視訊記者會 說明新南向成果

透過8服務窗口 12交流平台 整合台泰資源

【記者陳怡蕙／曼谷報導】中華民國政府推動新南向政策有何進展？駐泰國台北經濟文化辦事處代表童振源，昨天首度透過視訊記者會，說明新南向成果和代表處提供的各項服務。

去年台灣和泰國雙向觀光達到近100萬人次；泰華生赴台就學增加了52.3%；泰國在台投資更是創新高，上升了942%，各方面交流都有顯著成長。

童振源指出，新南向政策第五要著力於經貿、代表處就資訊、人脈和資源等5個面向著手，藉由代表處、台僑及華僑、泰國社會、台灣政府、台灣社會、國際等6大層面，積極互助、配合和協調，擴大加乘整合能量，強化新南向成效。

他說，為了使台灣及泰國互動更容易、便利，代表處同時規劃出Taiwan119、TaiwanFDI、TTedu、@TTedu、@VisitTaiwan、TTvisa、TecoLaw、TaiwaMED等8個為民服務單一窗口。

代表處透過前述窗口，計對振泰急難救助、雙向投資、教育交流，泰民赴台旅遊諮詢救助和投訴，旅泰台灣鄉親落難關及文件諮詢、免費法律義務諮詢、醫療相關資訊等項目提供服務，部分窗口並有中、英、泰三語服務，確保台、泰民眾可透過LINE即能輕鬆快速尋得協助。

此外，代表處還設置包括台泰交流服務入口網站、台泰形象館、與台泰人才、台泰農業交流服務、泰國台商科技術服務、台泰新創育交流服務、台泰農商業諮詢服務、台泰教育交流服務、台泰醫療服務，以及今年初才成立的泰國台灣電視網路8頻道等共12個平台，跨領域涵蓋台、產、學、研，提供台泰全面性的交流服務。

談到3月24日泰國舉辦的選舉，童代表認為泰國政治將有很大的轉變，代表處會密切留意泰國整體局的情勢變化，以因應未來政策的調整。

此外、中美貿易衝突也對泰國有所衝擊，已有不少台商、外商來泰發展，若有相關資訊，代表處將再提供僑民及台商參考。

舉行視訊記者會報導（2019/2/16）

機會。光是《世界日報》的大型專訪，便至少三次，都是整版的介紹駐泰代表處推動的政策與成果。甚至在2019年初，為了宣傳新南向政策，我還舉辦臺灣與泰國媒體的視訊記者會，接受臺灣、泰國及外籍媒體記者的聯合採訪任何問題。

接受臺視記者在泰國的專訪（2019/11/21）

在臺北金融研究發展基
金會演講（2019/4/11）

　　2018年2月我率團到花蓮振興觀光時，因為行程非常緊湊，到了
晚上十點我還接受一位記者到飯店採訪。2019年，我回臺灣休假時，
接受羅致政立法委員、簡余晏主持人、黃清龍主持人、彭啟明主持人
的專訪，暢談臺泰關係與新南向政策成果。特別是，為了引起民眾的
興趣，我還必須配合主持人談一些比較軟性議題，例如泰國美食、觀光
或奇人軼事。此外，我也到政治大學及臺北金融研究發展基金會演講，
盡可能讓更多臺灣民眾與企業家知道臺泰關係現況與新南向成果。

左：接受羅致政委員專訪（2019/4/12）
右：接受《寶島聯播網》簡余晏與汪潔民的專訪（2019/4/12）

左：接受《臺北流行廣播電臺》黃清龍專訪（2019/4/16）
右：接受《彭博士觀方向》彭啓明專訪（2019/4/16）

臺泰影視節目與歌曲，我們共同的話題

　　到了泰國，我努力更全面認識臺灣，包括產業、科技、醫療、農業、觀光、文化、宗教、教育，因為駐外大使是國家的代表，必須向泰國官方與民間朋友宣傳臺灣、進而促進臺泰交流與親善關係。臺灣在國際表現不凡，榮獲全球四大創新國家稱號、醫療技術第三名、醫療服務第一名、熱帶農業技術第一名、科技研發投資占GDP比例第三名、最安全國家第二名、24家餐廳獲得米其林評鑑31顆星（包括一家3顆星）、11所大學名列QS亞洲百大、智慧城市屢獲亞太前茅、20幾個國際著名藝術表演團體、慈善公益與宗教文化聲名遠播、民眾善良與熱情備受肯定，還有很多。當然，我也親自率團到臺灣領略風光人文寶藏，例如：人文風景具優的福壽山農場、佛教聖地的中台禪寺、法鼓山、慈濟精舍與靈鷲山、六千多位研發人員的工業研究院與智慧城市推手的資訊工業策進會、七萬五千片玻璃組成美麗仙境的彰化玻璃媽祖廟。

　　更能廣泛促進臺泰親善與交流的方式應該是電視影視節目。我到泰國前，特地拜訪三立電視、民視及東森電視的高階主管，表達願意積極協助他們到泰國發展，包括到泰國落地設立頻道，然而各電

視臺後來因為各種考量都沒有前往泰國發展。泰國有線電視頻道將近700臺，有日本、美國、歐洲、新加坡、中國、香港、中東等等，卻沒有一臺是臺灣的頻道。在20年前，泰國民眾非常喜歡臺灣連續劇《包青天》與《流星花園》，可惜後來泰國民眾喜歡的連續劇都是韓劇與中劇。因此，我便設立「泰國臺灣電視網路頻道平臺」，彙整臺灣Youtube網路電視頻道大約60個、分成六大類，設定短網址：http://WatchTaiwan.TV對泰國民眾與僑胞宣傳。

要雙向交流才能建立彼此親善關係，因此我也學習到很多泰國文化。除了參訪泰國宗教勝地與觀賞藝術表演，特別要介紹一部泰國電視連續劇。從2018年2月21日開始首播、每集長達150分鐘的十五集連續劇《天生一對》（Bpoop Phaeh Saniwaat），很快成為家喻戶曉的高收率連續劇，每週三、四晚上播放時，曼谷的交通出奇地順暢，最後一集播放時全國收視率高達18.6%，是泰國最高收視表現，根據一項市調，甚至有將近八成泰國民眾在追這部連續劇。這是一部穿越劇，講述一位考古系學生穿越到18世紀的大城王國（阿瑜陀耶王國）與當時的外交使臣之間的浪漫愛情故事。自播出以來，泰國便掀起了一股復古熱潮，大家開始使用古語問候，仿作劇中的泰式經典美食，泰國政府也鼓勵民眾穿著傳統泰服慶祝宋干節，更帶動泰國民眾到大城府、華富里府與北欖古城等地穿著古裝朝聖。這部連續劇的主題曲非常浪漫優美，包括主題曲〈天生一對〉（https://reurl.cc/5oL6Rz）與片尾曲〈相視傾心〉（https://reurl.cc/1gLdlQ）都很快成為泰國朋友風靡傳唱的流行歌曲。

還有好幾首泰國歌謠非常受到年輕人喜愛，包括Yinglee所唱的非常輕快熱情舞曲〈用你的心來換我的電話號碼〉（Kau Jai Tur Lak Bur Toh），每次都會為團體活動帶來高潮，男女老少都會隨著熱情舞曲

左：童振源大使參加世華泰國分會聯誼活動，隨著〈用你的心來換我的電話號碼〉舞曲與僑胞
　　一起同樂。
右：童振源大使贈送紀念品給到臺灣發展的泰國歌星蓋兒小姐（2019/5/25）

扭動起來。仿效日本AKB48女子偶像團體的BNK48，其歌曲〈Koisuru Fortune Cookie〉（https://reurl.cc/0Db5yk）猶如國民歌曲，在Youtube的觀看次數已經將近1.9億次。馬來西亞歌手黃明志在2013年出版用華語與泰語混唱的〈泰國情哥〉，非常風趣幽默地描述泰國特有的愛情「美女」故事，在Youtube上觀看次數將近三千萬次。泰國神童華裔女歌手蓋兒（Gail Sophicha Aungkawimongkol）從六歲開始便獲得泰國很多歌唱大賽獎項，在泰國很有名氣，2018年參加臺灣選秀節目《聲林之王》，苦練華語歌曲入圍四強，現在更到臺灣發展演藝事業。

　　泰國民眾非常喜歡臺灣連續劇《包青天》與《流星花園》，我在泰國期間還在電視播放，經常可以藉由聊臺灣連續劇拉近與泰國朋友的距離。2017年泰國電視臺翻拍臺灣偶像劇《命中註定我愛你》，2018年泰國電視臺翻拍臺灣連續劇《犀利人妻》，正宮離婚逆勢反擊的劇情，激勵大批女性觀眾，收視率寫下電視臺該時段新高紀錄。泰版臺灣偶像劇《王子變青蛙》在今（2021）年初播出，泰版《流星花園》也預計在今年播出。相信未來我再見到泰國朋友一定有更多的話題可以交流。

透過高科技產業交流、推廣臺灣旅遊景點等務實議題，有效拉進臺泰距離。

❘ 臺灣民眾在泰國已有許多有力的民間組織團體

1.6 | 異域泰北・臺灣心

　　在國共內戰時期，有一批孤軍困守泰北山區，他們之後選擇在山中生活，但受限於沒有國籍，也沒有身份，過著畫地為牢，借地養命的日子；在中華民國政府及民間單位努力下，不但協助闢建水庫、電力、道路及橋梁建設，提供衛生醫療服務，並推動華文教育，培育他們的子女來臺灣接受高等教育，讓他們生活有了改善。多年來僑務委員會也整合產官學界資源，強化泰北地區各層面的交流，並積極投入泰北地區華文教育，亦協輔民間團體共同合作，促進泰北地區發展。

▎在圓山飯店與泰北僑領會晤（2017/6/27）

泰北異域牽涉到很多歷史連結與國人情感。2017年6月底，僑委會剛好邀請泰北的雲南鄉親僑領回國，我到圓山飯店與他們見面，他們向我提出，希望我一年到泰北至少三次。雖然沒有說明是哪三次，後來我慢慢知道，應該是329青年反毒運動會、中華民國國慶及雲南鄉親的12月25日首義護國紀念日。

　　到泰國五個月，我已經到泰北五次，深深感受到泰北鄉親對中華民國的認同與支持。泰北的故事要從1940年代末開始說起，滇緬邊境的國軍歷盡艱辛撤退到泰北。中華民國政府協助部分國軍撤退到臺灣，對留在當地的國軍及後裔，政府透過中華救助總會從1954年開始救助與輔導墾殖、僑委會及民間力量協助當地僑教與產業發展。後來，這些孤軍協助泰國政府剿清共產黨，獲得泰皇特許給予公民權，終於能在泰北安居落戶。

　　如今，泰北清邁、清萊地區總共有89個華人村、大約有十萬僑胞，目前與臺灣保持密切互動的僑校大約有101所，成立清萊華校教師公會、清邁地區華校聯合會，同時有清邁雲南會館、清萊雲南會館、

▌ 拜訪泰北清萊雲南會館（2017/8/12）

左：參訪泰北光復中學（2017/8/12）
右：泰北清萊華校教師公會王紹章會長主辦華校漢字文化節（2017/8/13）

清萊滿堂村自治會、泰北臺商同鄉聯誼會、泰北329反毒青年運動籌委會等僑團辦理大型重要僑社活動。清邁雲南會館、清萊雲南會館及各華校都懸掛中華民國國旗，表達對中華民國的感恩與支持，華校使用正體字的僑委會教科書及聘請臺灣來的老師為學生上課。

　　然而，中國在泰北有總領事館，其資源相當大，讓臺灣在泰北僑務工作面臨很大壓力。面對泰北僑胞的龐大援助需求，除了僑委會的資源之外，臺商長期對泰北教育挹注資源居功厥偉。例如，泰國華僑協會余聲清主席協助泰北學校已經三十幾年、來回泰北曼谷（距離八百公里）三百多趟，泰國臺商總會郭修敏總會長向臺商募款成立春風化雨基金，提供泰北僑校教師薪資補助與捐助僑校硬體，僑務委員莊仁桂的泰星文教基金會每年提供百萬泰銖獎學金給泰北學生，臺達電鄭崇華董事長的臺達電子文教基金會長期捐獻泰北地區學生獎學金與捐助僑校硬體。

　　在駐節泰國將近三年期間，我去了泰北十六次，無論是早上六點

或晚上的飛機，受到泰北鄉親敬重的八十幾歲余聲清主席與郭修敏僑
務諮詢委員大部分都會陪同我到泰北。余主席在泰北捐獻三十多年，
幾乎每間學校都有他的名字，而且他幾乎可以念出每個學校的校長名
字，協助政府鞏固泰北情勢無人能比，余主席深受泰北鄉親的感念與
敬重。過去十多年，郭修敏委員也密集投入泰北的援助，陪同我到泰
北的次數與余主席不相上下。我第一次到泰北是2017年8月12日，是
泰國的母親節。郭委員的四位女兒為了要幫媽媽過母親節，便陪同媽

左：泰國華僑協會余聲清主席捐獻給泰北廣華學校（2018/8/13）
右：僑務諮詢委員郭修敏捐獻給泰北光復高中（2017/8/12）

左：前排左前方第一位是莊仁桂僑務委員（2018/10/8）
右：臺達電子文教基金會捐贈獎學金及設備給清萊光復高中（2019/3/14）

左：余聲清主席陪同到泰北訪問（2017/8/12）
右：泰國母親節為皇太后詩麗吉生日，親手種下生日樹表達最殷切的祝福（2017/8/12）

郭修敏委員的四千金（蹲下拍照）陪同參訪泰北德中小學（2017/8/12）

媽跟我一起到泰北，而且還追隨母親另外捐獻經費給泰北學校，令人十分感動與敬佩。

面對泰北工作的挑戰，在2018年初，我花了將近二個月時間親自撰寫一篇報告《泰北僑務戰略評估與建議》給僑委會。我在文中建議未來的三項泰北工作重點：一、整合各方面的資源援助泰北發展；

二、將泰北僑胞與臺灣緊密連結在一起；三、採取包括教育、產業及醫衛的綜合性發展途徑協助泰北永續發展。

　　後來，我便逐步落實為2018年與2019年二次大規模的援助泰北參訪團，每次參訪團員有四、五十人，包括泰國的雲南鄉親、臺商、臺商經營的國際學校、臺灣多所大學代表、農委會農業試驗所、民間企業、醫療院所與慈善機構，提供泰北學生教育資源、提供農業技術

臺灣協助泰北發展參訪團（2018/8/13）

左：奇美醫院醫療服務社高元醫師為泰北鄉親進行醫療諮詢服務（2018/8/13）
右：泰北發展參訪團專家團員農業試驗所所長陳駿季與屏東科技大學農學院院長陳福旗現地為泰北農民診斷農業病蟲害（2018/8/15）

諮詢、促進產業多元發展、提供醫療諮詢服務、捐贈學校與弱勢團體經費。

中華民國政府對於泰北的協助逐漸調整為整合性發展策略，不是僅有華校教育發展的協助，還有產業與醫療方面的發展協助。由於泰北的產業發展仍屬於傳統農業，大部分人才畢業之後就外移，導致人才不斷外流，因此，必須透過外部能量給予協助，泰國15萬臺商與臺灣慈善組織的暖心支援溫暖當地鄉親的心。為了泰北永續發展、降低外界援助的需求，我們逐漸整合僑臺商產業、臺灣產業、技術與醫療的力量協助當地發展，並且擴大泰國與臺灣教育的連結，協助更多泰北朋友能到曼谷與臺灣深造學習一技之長，回故鄉發展與貢獻。

現在的泰北經過重生、蛻變與成長，改變的過程多是來自臺灣的協助，不管是政府部門或是臺灣企業界的幫忙，更有許多志工們無私的奉獻，這個不一樣的泰北得歸功於臺灣各界的善心愛心與泰北朋友的努力奮鬥，終能漸漸走出屬於他們璀璨的篇章。

很多泰北故事與發展現況應該用影像傳達更容易傳播與感動人心，也讓泰北鄉親後代能夠永遠記得泰北發展歷史與中華民國（臺灣）的協助。第一次率團到泰北訪問時，我們製作四支短片記載這趟訪問過程（第一支：https://reurl.cc/GdqRzy；第二支：https://reurl.cc/v5bO3k；第三支：https://reurl.cc/1gLAj8；第四支：https://reurl.cc/E2Nl80）。到僑委會工作後，我便很快盤點相關資源及聯繫相關單位與朋友，統籌製作長達48分鐘的「異域泰北‧臺灣心」影片，並在東森電視台播放，之後便可以在僑務電子報的Youtube頻道觀看（https://reurl.cc/dVbk0g）。

「異域泰北‧臺灣心」的影片

以臺泰民間實惠合作突破中國政治壓力限制

臺灣在泰國推動新南向政策，不僅要面對內部整合困難，更要面對中國的龐大政治壓力。舉例而言，我剛到泰國前三個月推動與泰國臺灣會館成立臺灣文化創意中心，在泰國展現臺灣故宮的數位藝術，卻因為中國因素而胎死腹中；本來泰國農業部高階官員很有興趣與我們交流與合作，卻因為中國施壓而戛然而止；泰國多位經貿官員欲前往臺灣參訪產業與高科技，也因為中國從中作梗而無法成行；連我出席臺灣擔任主題國的2018年曼谷國際書展開幕活動，都因為中國因素而被迫離席。

當然，中國對臺灣的政治打壓是不變的常態，所以要思考操之在我們的策略。首先，便是要整合資源。我希望整合五大面向資源，才有更多資源照顧僑胞與落實新南向政策：代表處內部、泰國政府與社會（包括僑界）、臺灣各部會、臺灣社會（包括產業、科技、醫療、

泰國臺灣會館舉辦嘉年華會拓展臺商商機（2017/9/6，圖右四為臺灣會館張文平主席）

教育、農業、宗教、非政府組織等等）、國際社會（包括國際商會與各國大使館）。

代表處內部的資源整合已在前面說明，包括展覽活動行銷、同仁創新提案、國慶晚會資源、新館落成典禮資源、臺灣觀光走廊、人力調度與發揮僱員當地連結能量等等都是。

在泰國政府方面，我剛到任時泰國只有軍人政府任命的國家立法議會，沒有民選國會議員。我們先從拜訪前友華小組主席巴瑟參議員及幾位前國會議員，累積一些人脈後，再逐步擴大交往範圍。巴瑟主席對於推動臺灣與泰國之間教育、產業與農業合作非常熱衷，我也全力配合他推動相關交流與合作。到了2019年5月民選國會與新政府成立以後，我們便有比較大的空間與泰國政府及國會朋友交流，特別是從推動實質交流與合作的議題切入，只談教育、經貿、科技、農業、醫衛，更有機會私底下互動，甚至有些時候還可以公開。

童振源大使拜訪前友華小組主席巴瑟參議員及幾位前國會議員（2017/8/17）

上：巴瑟主席陪同參訪孔敬府農村產業（2019/4/9）
下：巴瑟主席陪同與孔敬府農民交流（2019/4/9）

上：巴瑟主席引介泰國前副總理Sonthi Boonyaratklin（2019/5/24）
下：巴瑟主席陪同兩位前副總理參加新館落成典禮（2019/7/24）

泰國國務院副秘書長、前部長Kobsak Pootrakool見面討論協助泰國臺商發展事宜（2020/5/26）

在泰國社會方面，泰國僑臺商與泰國政府或國會議員有很多互動與長久友誼，特別是前曼谷國際機場義警隊召集人何姐（何素珍女士）結交相當多泰國朋友，對代表處推動與泰國各界交往助益良多。此外，泰國工廠警察（國際）協會主席張文煥長期與泰國政府官員維持密切互動，協助臺商解決問題，協助很多泰國朋友與代表處互動。現任泰國臺商總會郭修敏總會長與前國策顧問周良寶也介紹很多泰國的中央與地方首長給代表處認識。還有，時任世華泰國分會張玲琴會長也介紹很多文化界與教育界的官員給我們認識。

上：何姐（何素珍女士）介紹泰國朋友給代表處認識（2020/3/3）
下：童振源大使見證何姐安排臺商捐贈泰國參議院防疫物質（2020/5/13）

　　連任三屆泰國外商協會主席的康樹德先生（2020年已經第四屆連任主席）來自臺灣，是第一位亞裔的泰國外商協會主席。康主席經常與泰國總理、各部會部長、各國大使、各國外商協會及泰國重要企業

上：泰國外商協會康樹德主席介紹駐泰使節與外商（2019/6/5）
下：張文煥主席協助駐泰代表處與當地政府簽署合作備忘錄（2019/8/30）

家見面，人脈相當廣，提供代表處很多即時的泰國政策與經濟發展趨勢資訊，也協助代表處向泰國政府各部會提供政策說明，甚至介紹很多泰國重要朋友給我認識。

國立故宮博物院林正儀院長等人在2017年底應我邀請到曼谷考察，希望評估在泰國臺灣會館成立臺灣文化創意中心的可行性。我們順便安排林院長到泰國最負盛名的藝術品中心曼谷「河城」（River City Bangkok）參訪，由該公司總經理的臺灣鄉親鄭紹敏女士導覽。雖然因為中國因素而使故宮無法在泰國臺灣會館展示數位藝術，但正因為這次參訪曼谷的緣分，鄭總經理之後陪同她的老闆到臺灣故宮參訪兩次，洽談故宮數位藝術到河城展示安排。結果出乎意料，我們不用出任何經費與人力、沒有政治障礙，「河城」邀請很多泰國政界、商界與文化界貴賓參加故宮數位藝術展覽——清明上河圖，媒體大篇幅報導這次展覽，非常成功在泰國行銷臺灣文化。

河城舉辦故宮數位藝術展覽的開幕典禮（2018/10/17）

安美德（Amata）集團邱威功（Vikrom Kromadit）總裁是臺灣大學機械系畢業的僑生，是非常成功的泰國企業家。安美德集團於1997年在泰國上市，目前在泰國有88平方公里工業區，共有1,430工廠入駐、33萬人在園區工作，七成左右是日本大企業，其產值佔泰國GDP的11%，在越南有150平方公里，在緬甸有50平方公里，在寮國有200平方公里，有非常成熟的工業區開發與管理經驗，提供臺灣與東南亞區域鏈結很重要的契機。

上：童振源大使與臺灣大學訪團在邱威功府邸聚餐（2017/9/6）
下：童振源大使與泰國東部經濟走廊秘書長共同見證臺灣大學與安美德集團簽署教育合作備忘錄（2017/9/8）

上：邱威功總裁致贈他的新著《母親》給童振源大使（2018/6/13）
下：邱威功總裁（右一）介紹我認識許多在泰國的朋友。

此外，邱總裁與泰國政府及企業領袖熟識，熱心介紹很多朋友給我與泰國臺商認識，積極協助推動泰國與臺灣在教育、智慧城市、高科技產業、醫療與農業等方面合作，推動臺灣大學與安美德大學合作設立智慧製造學程，今年初與中興工程顧問公司合作成立「安興公司」在泰國開發安美德臺北智慧城（Amata Taipei Smart City），並積極推動臺灣醫療體系與安美德集團及瑪希敦（Mahidol）大學三方合作在泰國成立高階醫療城。

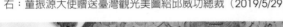

左：邱威功總裁引介童振源大使認識泰國教育部Teerakiat Jareonsettasin部長（2018/8/6）
右：童振源大使贈送臺灣觀光美圖給邱威功總裁（2019/5/29）

邱威功總裁引介童振源大使認識泰國前交通部察參部長（Chatchart Sitthipan）（2019/11/21）

上：由剛當選的烏拉沃議員陪同參訪泰國
前總理班漢博物館（2019/4/9）

下：到烏拉沃議員的足球場觀看比賽
（2019/4/9，右邊第二位是素瑪莉、第
四位是楊日禮）

　　出生於新竹縣北埔鄉的客家
人陳秀琴（泰文名為素瑪莉），
因緣際會嫁給當時在臺灣留學的
泰國僑生楊日禮，夫妻倆以食品
業白手起家，在泰國奮鬥超過40
年，如今不僅是泰國知名的企
業家族，還獲皇室在2008年頒發
「泰國100位時代前鋒名女人」
光榮稱號。楊家以食品業起家，
現在則是泰國最大溜冰場的經營
者，大女兒嫁給泰國前總理班漢
（Banharn Silpa-archa）的公子烏
拉沃（Varawut Silpa-archa），在
班漢故鄉很有影響力、同時經營
足球隊。在2019年國會選舉後，
烏拉沃當選眾議院議員，素瑪莉
還特別安排我與他女婿到他的家
鄉見面，並到他的足球場觀看比
賽。在幾個月後，烏拉沃議員便
接任泰國自然資源和環境部長。

　　除了泰國僑胞之外，臺灣朋
友也協助引介很多泰國朋友。屏
東大學古源光校長曾擔任屏東科
技大學八年，到泰國次數難以計
算，更獲得泰國四所大學頒發榮

古源光校長引介泰國Rajamangala University of Technology Thanyaburi主管（2017/7/25）

左：古源光校長引介泰國前外交部長葛賽博士（2017/7/25）
右：古源光校長引介泰國Suan Sunandha Rajabhat University 董事會 Korn Dabaransri 主席
（2018/11/8）

譽博士學位，是臺灣第一人。我在國安會時便經常向他請益泰國發展情勢與臺泰關係。我剛到泰國的第三天，古校長便親自幫我介紹泰國前外交部長葛賽（Krasae Chanawongse）博士，而且多次來泰國協助我在泰國推動教育與農業方面的交流，對我拓展泰國人脈與推動相關合作裨益良多。

1.7 | 向泰國表達善意與友誼

尊重在地文化，悼念蒲美蓬國王

　　面對臺泰政治關係的侷限，我採取幾項作法向泰國政府與社會表達善意與友誼，並且積極促進兩國社會的實質交流與互惠合作。2017年駐泰代表處還租在商業大樓辦公，我上班第一天（7月24日）的第一項行程便是在大樓中庭公開獻花悼念受泰國民眾非常敬重的剛過世蒲美蓬國王陛下（His Majesty King Bhumibol Adulyadej），表達個人尊崇蒲美蓬國王及對泰國人民友善之意。同時，我也向泰國國王瓦吉拉隆功畫像獻花環，恭賀該月28日國王華誕。

　　為彰顯中華民國政府與深受泰國民眾愛戴之蒲美蓬國王陛下深厚的友誼，駐泰代表處特別整理蒲美蓬陛下伉儷於1963年6月5日至8日應邀赴中華民國進行正式國是訪問珍貴照片31幀，與當地臺商媒體

▎童振源大使獻花悼念已故蒲美蓬國王（2017/7/24）

《VISION THAI看見泰國》聯手，於泰王駕崩周年10月13日至26日舉辦數位攝影特展（https://visionthai.net/article/king-bhumibol-adulyadej-queen-sirikit-taiwan-1963/），同時在當年國慶晚會展示照片，以緬懷這位泰國近代史上最偉大之君王以及中華民國政府永遠的摯友。

結合民間力量，提供來臺留學觀光獎助

其次，出發到泰國前，我剛好參加羅致政立法委員接任板橋東區扶輪社長典禮，羅委員說服中華扶輪教育基金會郭道明董事長，以扶輪社名義獎助3名正就讀於臺灣各大學碩士班及博士班之泰國籍研究生，獎助金額每名博士生為新臺幣十六萬元，碩士生為新臺幣十二萬元。我到泰國不到一個月，駐泰代表處便公布這項獎學金訊息與協助受理申請。為了表達感謝泰國勞工對臺灣的貢獻，我特別加上一項條款：以曾在臺或目前在臺工作之泰國勞工泰籍子女或家庭經濟弱勢者優先。

接著，在前往泰國前，謝長廷大使建議我，臺灣有很多來自泰國的勞工，對臺灣經濟發展做出貢獻，臺灣可以贊助曾經在臺工作過的泰國勞工免費到臺灣旅遊，對他們表達感謝之意，讓他們回去臺灣看看曾經貢獻過的臺灣發展現況。我到泰國後向臺商說明這項構想，臺

中華扶輪教育基金會連續第三年提供泰國留臺研究生獎學金（2020/2/8）

商郭修敏便率先響應這項號召，提供旅費與零用金給六位曾到臺灣工作的泰國勞工，隨著他們公司的泰國員工到臺灣旅遊。本來有幾個臺灣旅行業者也響應號召，願意協助更多泰國勞工免費到臺灣旅遊，可惜當時沒有找到更多泰國朋友而作罷。

童振源大使參加大玲昌（旅泰臺商）獅子會舉辦的捐血活動（2017/9/16）

其實，臺商在當地做很多公益的國民外交，包括捐獻、義工、捐血、人道援助相當多。我到曼谷沒有多久，泰國東北部淹水，臺商便與泰國政府協調，清晨組團搭乘專機前往東北捐獻物質與關懷，當天半夜才回到曼谷。另外，我到泰國不到兩個月，由臺商組成的大玲昌獅子會持續號召臺灣鄉親到曼谷紅十字會捐血，我也挽起衣袖捐血。

參加大玲昌（旅泰臺商）獅子會捐血活動（2017/9/16）

協助泰國4.0經濟發展計畫

　　更重要的是，我希望以泰國的需求與熟悉語言推動雙方實惠的交流與合作，才能事半功倍。要向泰國人說明五加二產業創新及新南向政策並不是一件容易的事情，因為臺灣能在泰國媒體獲得廣泛報導的機會相當有限，能充分向泰國政府或國會議員說明的機會也相當有限。到泰國之後，我偶而會向泰國朋友說明新南向政策，但絕大部分的場合，我都是直接表達臺灣願意協助泰國4.0經濟發展計畫，推動臺泰發展夥伴關係。

　　事實上，泰國4.0計畫與臺灣的五加二產業創新及新南向政策非常相似而互補，泰國經濟希望產業升級、數位化及推動新興高科技產業，臺灣有技術、產業及人才，而泰國有市場潛力與東協經濟整合中心的戰略地位。因此，我多次在泰國大學或研討會場合公開推崇泰國

| 2017年臺泰產業高峰會（2017/7/27）

4.0計畫及臺灣願意與泰國合作，甚至我還推出「臺灣大學培育泰國4.0產業人才手冊」、協助臺灣研發機構與泰國國家科學院合作、推動臺泰智慧城市合作，很多泰國朋友都表達與臺灣在這些領域交流合作的高度興趣。

Taiwan's Education and Scholarships for Cultivating Talents for the 10 Targeted Industries in the "Thailand 4.0" Scheme

Compiled by Taipei Economic & Cultural Office in Thailand
Published on 9 October, 2019

臺灣大學培育泰國4.0產業人才手冊（2019/10/9）

泰國世界日報專訪童振源暢談新南向（2018-10-9）

【記者李東憲／曼谷報導】駐泰國代表童振源，接受泰國世界日報專訪指出，泰國4.0經濟發展計畫的重點項目，與臺灣的努力方向幾乎一致，臺灣紮實的產業結構及創造力，絕對可以配合泰國的發展方向和需求，並在互信的基礎上攜手合作，使臺泰兩國在更緊密的友善關係中互蒙其利，共享繁榮與進步成果。

去（2017）年7月接任駐泰國臺北經濟文化辦事處代表的童振源，9月27日於泰辦處接受泰國世界日報社長邱光盛、總編輯姚文鑫及採訪主任李東憲採訪，暢談就任一年多以來打拚的成果和心得。

曾任中華民國行政院發言人的童振源，於擔任國安會諮詢委員期間，也是推動新南向政策的核心成員之一，負責擬訂相關發展策略，因此接任駐泰代表後，在施政方面能精準地詮釋並掌握「新南向」政策的執行重點。

「讓臺灣的優勢產業和資源，能與區域各國及其人民共享，並與各國建立更緊密、更友善的夥伴關係。」童振源強調，這就是「新南向」的目標，也是他到任以來率領泰辦處同仁努力不懈的方向。

他強調，泰辦處在經貿及科技方面，廣搭提供臺、泰業界交流的窗口及服務平臺，還透過各種連結管道，向泰國極力推介臺灣的醫療衛生、農業、電商、觀光、教育、法律等優勢產業，「未來努力的力道只會增加，不會減少。

童振源的受訪內容，刊登在今天泰國世界日報A8全版，話題涵蓋新南向、外交工作數位化、廣搭服務平臺、經貿科技合作、臺灣優勢產業、區域整合、泰北教育、持續參與人道援助等。

臺灣新南向目標明確而紮實

【引言】去（2017）年7月到任的駐泰國臺北經濟文化辦事處（以下簡稱駐泰處）代表童振源，9月27日接受泰國世界日報社長邱光盛、總編輯姚文鑫及採訪主任李東憲採訪，深

接受世界日報社長及總編輯專訪（2018/9/27）

入說明一年來他和泰辦處團隊在外交上的努力成果；針對他受訪的若干主題及談話內容，我們整理如下，分享讀者。

【記者李東憲／曼谷報導】
　　「新南向政策的目標，在於推動與東南亞地區國家更綿密的人員交流，讓臺灣的優勢產業和資源，能與區域各國及其人民共享，並與各國建立更緊密、更友善的夥伴關係。」

　　駐泰國臺北經濟文化辦事處代表童振源，在國安會諮詢委員任內，也是擬訂新南向政策發展及相關策略的核心成員之一，談到新南向的方向言簡意賅，而在實踐及做法上，則是展現強烈的使命感與企圖心。

　　「重點在經貿、科技，也在農業、醫療、青創產業等諸多新面向，唯有透過在當地推動更多互惠與雙贏的合作及交流，才能發展更實質夥伴關係。」童振源說，以臺灣具備的產業優勢，再配合優質的教育資源，即可結合當地產業、協助並促進區域國家發展。

　　童振源代表說：「如何落實是我的責任。」因此去年7月他上任後，積極帶領駐泰處人員採取5項創新做法，展現團隊旺盛的士氣，為的就是期望

參加泰國法政大學臺灣文創產業研究所開幕（2018/9/28）

極力鞏固臺泰關係，為臺商及僑民營造有利的生存環境。

　　「先表達善意，再直接對接、連結」是駐泰處的策略，童振源代表表示，以臺灣的優勢產業結構，與此地企業共同發展、共同繁榮，相信泰國官民皆樂見臺灣在各方面所提供的助力。

　　他指出，自動化、數位化及新興產業是促進泰國經濟發展的三大支柱，而既有的新一代汽車、智慧電子、精緻農業、高附加價值觀光及新一代食品等產業，以及列為下階段發展重點的自動機械及產業用機器人、數位經濟、生質燃料及生物化學、醫療照護及航空與物流，「這些產業和臺灣積極推動的項目幾乎完全一致」。

　　正由於臺泰在經濟發展上有重疊性及互補性，因此童振源代表深信，臺灣紮實的產業結構及創造力，絕對可以配合泰國的發展方向和需求，在互信的基礎上互蒙其利，共創榮景。

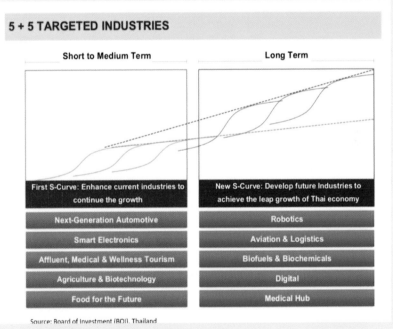

泰國4.0經濟計畫之十大產業

駐泰處一年前推出臺泰雙向投資服務Line帳號TaiwanFDI後，更善用國內外技術及人力資源，一鼓作氣促成由TaiwanFDI對外連結單一窗口，與臺灣總商會共構15個產業鏈的臺商技術服務平臺，以及泰國臺灣青創產業服務平臺。

　　「15個產業鏈是針對泰國4.0及臺商分布特性，以產業分類成立，臺商可以和當地企業在產業鏈上直接連結並深入交流，也可和臺企直接鏈結。」

　　童振源代表說，由於交流、合作、媒合都可在各自產業鍵的交流平臺逐一完成，同此更有效率及效益，已有超過1,200家臺商加入，也讓駐泰處與業界的互動更為綿密。

　　他說，有了TaiwanFDI的基礎，今年2月間，駐泰處更取得工研院、資訊會、金屬研發中心、塑膠發展中心、國家衛生研究院、農科院與國家實驗研究院、醫藥發展中心等多個國內高端研究機構的支持，建立「在泰技術升級及移轉機制」的媒合平臺，力促臺商與臺灣技術法人合作，善用豐沛且可移轉技術的資源，以提升企業的競爭力與附加價值。

　　臺灣技術法人在協助企業前瞻性及跨領域技術方面，向來扮演重要角色；童振源代表表示，為落實新南向政策，包括新技術與新產品委託開發及製程改善等，代表處都將整合及協助媒介，提供「一站式」的便捷化服務，讓在泰臺商取得或共同開發關鍵技術。

　　為提升臺灣新創團隊的國際化競爭優勢、媒合新創創業家與投資業者間的合作機會、建構與國際創業資源接軌的平臺及拓展國際市場商機，駐泰處特別促成交大產業加速器中心，帶領所輔導的雲想科技、昌泰科醫、禾生科技等8組本土優質新創團隊，來曼谷參加商機媒合會活動，除讓新創團隊感受亞洲最強新創氛圍，也期望臺灣新創團隊藉此打開東南亞市場大門，帶動臺泰間創業國際化發展的機會。

　　為強化服務國內外工商業界，童振源指示經濟組團隊，上個月起開始發行「泰國經濟動態月報」，針對臺商企業、工商工會與團體，以及準備來泰投資及發展等人士，提供最新的泰國經貿發展及商機資訊。

　　「期望臺商及有意來泰發展的企業，掌握在地最新經貿及市場動態，以降低投資風險，並進一步提升臺商在泰經貿發展的影響力，擴大新南向計畫的成效。」

　　童振源代表說，未來臺灣智庫的研發成果與技術，也會透過「月報」並

連結各平臺廣為傳播，發揮跨領域、跨產業的效益。

　　泰北教育是在地華人共同關切的話題，童振源深知資源不足，決定調整做法，以「數位教學」方式提升泰北教育品質，已收初步效益。

　　他指出，因種種因素無法引進臺灣師資。去年訪問清萊德中小學，校方要求支持興建圍牆及教師宿舍，當時他並未允諾。

　　他解釋，校方建牆的理由是防止逃學，學生不想上學，圍牆築得再高也不能解決根本問題；而地處偏僻的教師宿舍蓋好後，可能衍生安全等問題。

　　童振源認為，德中小學隻有89名學生，適合採行數位教學，可裝衛星碟盤改善視訊，既可接收臺灣教學節目，彌補師資不足，也能提高學童學習興緻。

　　經當地關心教育人士協助，只花6萬餘元連結網路及添購三部電視，就解決教學問題；從此學生不再逃學，家長也天天陪著看電視，所添購的三部電視卻已使三校同時受惠。

　　童代表說，數位教學未來也將依遠近、陸續擴及其他學校，已有臺灣公司提供免費教學系統及軟體，泰辦處還會向僑委會及民間爭取更多支持。

▎泰北華僑學校於孔子誕辰日舉辦頒獎典禮（2019/09/28）

「教育問題在於資源不足，資源不足就沒有收入，窘況會惡性循環；教育發展唯有結合產業才能留下人才，有了人才才能累積資源，也才有餘力回饋學校，良性循環才是最佳效益。」

區域整合放眼未來

「我們盡量整合資源，除了當地，也嘗試區域整合的可能性。」受命接任駐泰代表時，專攻政經領域的童振源，就把區域連結與經貿連結、人才交流並列就任後的工作重點。

童振源代表指出，外國人在泰投資投資的累積金額，臺灣僅次於日本及美國，臺灣與日本目前在臺灣有常態性經濟對話，很多日本中小企業也很希望與臺灣合作，因為臺灣在東南亞也有很多中小企業。

他表示，曾和日本大使館接觸、溝通過，盼望能於在地臺商和日商間建立連結平臺，日方甚至希望未來有更多其他國家加入連結。

他說，泰國工研院FTI也曾表達，希望以後能有定期對話的機制，如果以後能與更多外商深入交流、具體對接，區域整合會更成熟，事實上駐泰處於建立產業平臺過程中，也有一些區塊企業表達高度興趣，未來也歡迎加入。

「當然要以臺灣為主體，讓更多的區域資源整合平臺可以做起來。」童振源代表著眼未來。

臺灣關貿網路公司與泰國工業院簽訂合作備忘錄（2018/8/29）

善用通訊軟體設服務窗口

「除了連結，還要搭建平臺，推動長期、永續、全面的發展關係。」童振源代表強調，泰國在東南亞區域位居樞紐，很多臺商想來泰國發展，駐泰處都能儘量提供協助、滿足需求，但是必須建立平臺才能發揮積極功能，收到事半功倍效果，這也是他極力推行「外交工作數位化」、「資源整合平臺化」的主要目的。

逢人便強力推銷駐泰處已運作嫻熟的「四張名片」的童振源表示，在外交工作數位化方面，駐泰處善用通訊軟體Line帳號分別開設四個服務窗口，提供臺泰人民使用，方便又有效率。

童振源代表說明「四張名片」的功用，鼓勵各界廣為宣傳及使用：
Taiwan119：臺灣去年來泰人次多達55萬，為提供國人旅泰迅速、免費、便利與安心的急難救助服務，駐泰處設立的Line帳號Taiwan119服務專線，可以語音、圖文與影像等多種方式聯繫，隻要網路連線，便無須支付電話費用。

TaiwanFDI：提供臺泰雙向投資服務的LINE帳號TaiwanFDI，可同步受理臺灣與泰國企業雙向投資諮詢，服務範圍包括第一手投資諮詢、提供臺灣商務交流窗口及來泰考察後勤支援、媒合商機與協助臺商技術升級等直接鏈結服務項目，有專人免費接受雙語諮詢，介紹當地產業和市場供臺商擴展商機，這是駐泰處對外產業服務與交流的單一窗口。

LINE帳號TTedu及LINE認證帳號@TTedu：是臺泰教育交流服務平臺，提供泰國民眾各項獎學金與教育交流訊息，並以中泰文回答泰國民眾到臺灣留學或臺泰教育交流的訊息。由泰辦處服務團隊以泰語一對一說明有關赴臺就學問題，也提供臺灣獎學金及各級學教育資訊。

@VisitTaiwan：這是為推廣泰國人赴臺灣自由行而設的臺泰觀光交流服務LINE認證帳號，為遊臺泰國旅客提供最新旅遊及優惠資訊、提供線上旅遊諮詢、協助旅遊服務投訴調查、協助遊臺泰國旅客急難救助等4項便利與即時的免費服務，期望保障泰國人都能安心、順利地樂遊臺灣。

除了在經貿及科技方面廣搭交流窗口及建構服務平臺，駐泰處還透過各種管道，極力推介醫療衛生、農業、電商、觀光、教育、法律等臺灣優勢產業。

醫衛

在醫療衛生方面，童振源代表強調，臺灣的醫衛服務投資是全球第三名，僅次於美國和德國，醫療費用相對其他國家低廉，醫師素質高更是世界公認，因此極具優勢。

駐泰處與衛福部合作成立的「臺泰醫衛交流服務平臺」，童振源對平臺效益深具信心。「我們將臺灣的醫院、醫學院、醫療產業及醫療研發機構跟泰國這邊對接，已有100多家機構加入。」

臺泰智慧健康照護會議（2018/8/28）

農業

「臺灣農業優勢在技術，這是與新南向國家連結的重要基礎！」童振源說，已開發國家的農業相對發展，但是只有臺灣在熱帶地區，只有臺灣具有掌握熱帶地區農業特性的發展技術和經驗，因此泰國方面非常樂於與臺灣進行農業合作，雙方訂有農業協定。

他舉例，有泰北種芒果的農民，希望取得反季節技術，駐泰處透過「臺

泰農業交流服務平臺」，推介中興大學農學院提供協助。童振源期望這個平
臺能扮演橋樑，讓臺灣的農業優勢充分落實泰國民間。

法律

　　駐泰處也設立「臺泰法律義務諮詢平臺」，招募有熱忱的臺泰律師加入
義務諮詢服務行列，以協助加強保障雙方人民在法律上之權益，同時促進臺
灣律師產業向外發展。

觀光

　　「有平臺、有政策！」童振源信心滿滿地說，為了推銷臺灣觀光產業，駐
泰處一口氣開了23個群組及「臺泰觀光服務平臺」，把全臺相關的官方和民
間產業都納入，「為的就是要加速提升泰國旅客到臺灣觀光的數量與質量。」
　　受訪中，泰國世界日報社長邱光盛提及，泰國是佛教國家，臺灣的佛光
山、慈濟、中臺禪寺、靈鷲山、法鼓山等重要宗教聖地，都頗受泰民青睞，
而臺灣的嚴寒氣候也值得泰民親臨感受，同樣都可作為宣傳賣點。

| 率領泰國臺商與媒體朋友參訪花蓮慈濟靜思堂（2018/2/26）

童振源代表同意邱社長的見解，並以福壽山農場多樣化的觀光素材為例，強調郊遊、浪漫、民宿等主題旅遊，以及觀光搭配影視產業、推廣優質旅遊標章、臉書直播、與愛臺網紅連結等，都是該處未來推廣臺灣觀光的執行重點。

教育

　　曾在杏壇任教的童振源代表，特別關心臺泰教育交流服務平臺的功能。他說，教育乃百年大計，因應泰國4.0經濟政策，「不僅要促進臺泰教育交流與合作，也要鏈結臺泰產業、文化與觀光，擴大新南向政策的加乘效果與綜合效應」。

　　駐泰處匯集與整合臺泰各方教育資源，建構「臺泰教育交流服務平臺」，功能已充分顯現。童振源舉例，泰國教育廳不久前，徵求可接待2,000多所學校學生前往遊學的臺灣大專院校，一夕間便有12所臺灣的大學表達參與意願；平臺另還釋出補助10對泰國師生參訪臺灣教育的訊息，不到12個小

臺泰教育機構合作意向書簽署儀式（2018/8/31）

時就有32所大學回覆同意接待。童振源說：「只要有效，我們就做。」教育直播是下一個新嘗試。

電商

採取多元方式協助臺灣企業將優質產品與服務跨境行銷各地，駐泰處針對電商產業使盡全力，七月間特別邀請PChome、TVD Momo、泰國網紅及媒體等十多家新興電商通路業者，共同參加「優質產品與服務」行銷座談會。

童代表說，隨著行動網路及社群網站帶動網路購物，泰國電商網購市場高度成長，商機更值得期待，泰辦處願意提供臺商更多的協助。

資料來源：泰國世界日報

以新南向國家的發展需求為主

【記者李東憲／曼谷報導】

「臺灣與泰國的夥伴關係，不是只有臺商來賺錢，而是希望能具體改善泰國人民的生活，雙方成為長期的互惠夥伴，這對臺灣也有正面意義。」駐泰國代表童振源表示，這就是新南向政策所標示「以人為本」的原則與精髓。

童振源強調，臺灣方面無意與中國倡議的「一帶一路」競爭，而是希望透過新南向政策，以區域內國家的發展需求為主、建立合作夥伴關係。

他說，這次新南向，與1980末期臺灣因匯率升值、經營環境改變、勞動力短缺、環保標準提高等原因所造成製造產業外移的背景不同；「『以人為本』原則就是最大的轉變。」

因此，推動臺泰發展夥伴關係，童振源直指「以泰國4.0為主」；因為泰國4.0的重點10大產業，絕大部份可與臺灣科技結合並進行人才培育。

他說，泰國4.0的「前途」和「錢途」，臺灣都是最理想的協助夥伴；合作可雙贏、甚至多贏，泰國企業、政府及整個社會都需要，臺灣同樣也需要，尤其期望臺灣的協助有助改善泰國人民的基本生活。

童振源以全世界最成功的臺灣健保制度為例，認為可藉由與泰國醫療產業合作，讓泰民分享臺灣先進的醫療科技。此外，泰國農業人口佔百分之42，臺灣農業科技、農業組織等發展經驗，也可供泰國借鏡，「對臺有幫助，對泰更重要」。

▌泰國臺灣高等教育展（2017/10/2）

讓友邦認清臺灣的重要性

　　長期關注區域資源整合趨勢發展的童振源指出，因應自由化趨勢，在他擔任行政院發言人時，其實政府已在修訂相關法規、在做準備，對外溝通也持續推動；他不諱言「遭遇一些困難」。

　　東盟峰會上個月底才落幕，各國力推實現「區域全面經濟夥伴協定」（RCEP）；童振源說，政府參與體制上的國際組織，因政治因素干擾，有些國家與臺灣的合作空間受侷限，「希望他們能思考，在商業方面跟臺灣形成一種更加便利及順暢的往來方式。」

　　童振源說，臺灣是泰國第12大貿易夥伴、在泰第3大投資國，臺灣目前推動5加2產業，與泰國4.0所列10大重點產業，幾乎一模一樣，「可以一個

一個對接」。

　　他說，不論在人才、科技、經貿、農業、醫衛，甚至軟實力方面的文化、電商、觀光，以及IoT、AI高科技等方面，臺灣很樂意合作，但是「我們能做的要先做，讓泰國認清臺灣的重要性」。

　　今年3月底臺灣國家實驗研究院與泰國國家科學院簽訂MOU，不僅推動6大面向科技產業合作，同時設立該院在海外第一個辦公室，童振源說，據他所知，兩年前已與泰國國家科學院簽訂MOU的工研院，也考慮來泰設辦公室。

　　此外，從1973年到現在的臺泰農業合作，最近駐泰處也針對如何突破合作方式與泰方溝通。而在教育、醫衛、科技方面，如何進一步展開與泰國及國際產學合作，同時連結臺灣產學及臺商，泰方都很感興趣。從各種面向觀察，雙方互動趨勢看好。

▍ 國家實驗研究院與泰國國家科學院簽訂合作備忘錄（2019/3/26）

樂見順利組新閣創造泰民更大福祉

　　「我們樂見泰國順利完成選舉，相信新內閣一定會朝著為民創造更大福祉的目標努力，讓泰國整個社會經濟穩健發展。」駐泰代表童振源，向泰國新政府表達最誠摯的祝福。

　　童振源同時期望新內閣與臺灣會有更多的互動與合作，讓臺灣協助新政府致力提升包括改善人民生活在內的經濟發展；「不論那個面向、有任何需要，臺灣都會誠心誠意地配合與支持」。

他特別提到，去年8月泰國內閣通過邀請臺灣大學來泰設分校，這是泰國首次通過類似決議，如果實現將創下「泰國第一家外國分校」的紀錄，這是臺大的光榮，泰國學界也無不樂觀其成。雖然後來因政治關係，改以設立安美德大學與臺大對接的方式辦理，「但是臺灣的軟實力至少已受泰國政府高度肯定」。

童振源表示，這是臺灣高教國際化的重要一步，也是國內大學協助新南向國家培育人才的具體作法。

發展臺灣與泰國新政府的未來夥伴關係，童振源抱持樂觀態度；以臺泰農業交流為例，他表示，駐泰處已和部份新國會議員密切互動和溝通，希望很快就能展現成果。

▌泰國教育部同意設立Amata University與臺灣大學合作（2018/8/6）

培育人才、協助提振產業發展以務實成果擴散、分享泰北人

「從根本思考問題所在，並解決實際問題。」童振源強調，駐泰處對泰北的關注，絕對不會侷限教育或領務服務範疇。

童振源說，2017年來泰就任前，曾有泰北鄉親期望他「每年至少到泰北3次」，但是「兩年來，我已到過13次」。

　　「泰北的關鍵問題不單是教育，而是經濟發展。」他指出，很多年輕人學會中文就離開泰北當導遊，帶走資源、很少回鄉，與臺灣也沒有連結；駐泰處的做法必須有所調整，「既讓他們與臺灣連結，同時也能改變當地經濟環境，甚至安排赴臺就學」。

　　童振源說，去年8月引領前往泰北的人士，除了教育界，還涵蓋臺商、臺灣企業，還有泰國國際學校、救助總會、慈善單位、臺灣醫療機構及大學等負責人或執行者，透過直接接觸與連結，協助解決問題。

　　他說，中華國際學校已允諾提供8至12年級、一個年級兩人免除學雜費的獎學金，威爾斯國際學校也願參與，估計5年下來可挹注5,000萬泰銖的人力培育資源，讓泰北學生有機會與國際接軌。此外，臺灣的大學人員也當場允諾，提供績優學生獎學金，還發生「搶著要人」的熱況。

　　至於與皇家基金會的農業合作，童振源更要求參與人員，務必把技術合作成果擴散、分享所有泰北人；同時發揮協助培育人才、幫助產業發展效益，如此才能永續造福泰北。

資料來源：泰國世界日報

| 慶祝長榮航空直飛清邁（2018/7/1）

佛教是泰國重要的宗教信仰，約有94%以上的泰國人是佛教徒。

泰國的民間團體蓬勃發展，活動多元豐富。

1.8 | 駐泰成果摘要與數位外交作法

臺泰雙向往來人次＆兩國彼此投資金額　雙雙創下新高

下文將簡單摘要過去在泰國期間的幾項新南向成果，再逐步說明在任內推動的創新做法。在2017-2019年三年期間，臺泰雙向往來的觀光客增加71%，泰國到臺灣旅遊的觀光客增加112%，其中有很多是專業、商業與官方交流，對臺泰推動發展夥伴關係有很大助益。泰國駐臺通才大使公開說，2018年泰國官員到臺灣人數增加75%。其次，泰國學生到臺灣從2016年的1,771人增加到2019年的4,001人，增長126%。第三，2019年泰國吸引外資衰退18.6%，但是臺灣投資泰國卻逆勢巨幅增長278.2%；同時，泰國投資臺灣也屢創新高，2018年泰國投資臺灣增加將近十倍，2017-2019年三年期間泰國投資臺灣金額相當於過去七十年累積投資臺灣金額將近一半。

這些成果如何達到？當然新南向政策的資源是最主要因素，但是駐泰代表處積極推動數位外交也有些貢獻。

2017-2019 臺泰雙向觀光客　↗　**71**%

2016-2019 泰國來臺學生　↗　**126**%

2018 泰國投資臺灣　↗　近**10**倍！

2019 臺灣投資泰國　↗　**278.2**%

新南向政策成績亮眼，臺泰間教育、投資及醫衛交流大躍進（2020-02-12）

駐泰國代表處積極促成臺泰間各項交流合作，全力配合政府推動新南向政策，致雙邊往來熱絡，持續在以下領域創造佳績：

一、教育

自104年度起迄今，泰國學生逐年赴臺人數與上年同期相較均呈現成長曲線，由104年度1,591人漸成長至107年度3,236人，且去（2019）年度泰國學生赴臺人數更高達4,001人，較2018年之3,236人（該年度成長52.3%），再巨幅成長近24%，泰國已經超越澳門及美國，從臺灣第十大境外生來源國／地區升至第八大來源國／地區。

此外，臺灣學生及各校也分別積極展現交流意願，去年度至東南亞地區留學的10位公費生中，高達6位選擇來泰國留學，可見臺灣學生重視泰國教育在東南亞之優勢；而另一交流新高峰更在於7所臺灣之大學已在泰國設立辦事處，因為校方相信臺灣的優質教育將可成為泰國重點產業人才的培育搖籃。

二、投資

臺灣為泰國第三大外資來源國，且2019年整年，外國對泰國投資全部申請金額衰退16.2%，全部核准金額衰退18.6%；相反的，臺灣對泰國投資申請金額卻逆勢增長233.7%，核准金額也逆勢增長278.2%，可見臺灣投資在當前泰國吸引外資扮演重要角色，而且絕大部分投資都在泰國重點發展的東部經濟走廊。

而臺灣經濟前景也獲看好，泰國投資臺灣核准金額在前年增長942%達到歷史高峰後，去年再微幅增加1.1%，再創歷史新高，達到7,073.2萬美元。相關數據均明確顯示臺泰間相互投資金額持續成長，充分展現雙邊經貿雙向往來熱絡現況。

三、醫衛

　　臺灣醫療品質屢獲全球評比肯定，據全球資料庫網站Numbeo顯示，臺灣今年醫療保健指數承去年佳績，繼續蟬連全球第一名。此外，去年9月，臺灣醫療照護體系連續被US CEOWORLD雜誌及權威的旅外人士交流網站InterNations評鑑為全世界第一名。另國家地理頻道亦將臺灣醫療科技排名列為亞洲第一，全世界第三。

　　臺灣醫療品質有目共睹，自2016年新南向政策實施後，外國人到臺灣接受國際醫療的人數與產值均顯著增長，外國人到臺灣接受國際醫療服務人數與產值從2015年305,045人次與159億臺幣增長到2018年的414,369人次與171億臺幣。

　　同樣地，泰國醫療價格約為臺灣價格之四至五倍，隨臺灣連續試辦泰國民眾入境免簽措施，泰國民眾到臺灣接受國際醫療服務亦大有進展，從2015年的1,220人次增長到2018年7,044人次，增長比例高達477%。

　　駐泰代表處感謝各界迄今支持致獲現存佳績，將持續克服挑戰，盡力促成臺泰間各項交流合作，並在現有基礎上持續與泰國各方共同努力增進臺泰雙邊關係。

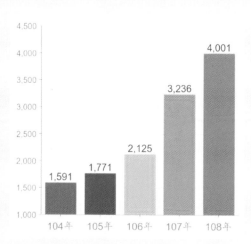

泰國學生來臺人數（104年-108年）
資料來源：駐泰代表處網站

設立LINE專線，一站式服務好方便

我到駐泰代表處的第四天，我便請同仁設定一個LINE帳號Taiwan119。後來我告訴他們要做為急難救助的LINE專線，同仁覺得不需要；我說，我們便試辦兩個星期，成效好再繼續做。從2017年8月1日開始測試，LINE不但提供有急難救助需求之國人免費且便利之聯繫管道，且基於LINE能即時傳輸清楚圖文訊息、進行視訊通話與多方連結之功能，使急難救助服務更形完備，更為泰語表達不便之國人提供友善之聯繫方式。在沒有經費進行宣傳，僅憑新聞稿對外說明與口耳相傳，短短兩個星期，便有1,656位鄉親加入這個帳號為好友，顯見這項便民服務措施受到民眾高度歡迎。

然而，有些民眾濫用這項免費且便利的急難救助資源，包括問路或問候，造成同仁困擾。因此，我們決定設定罐頭訊息，以警告民

| 駐泰代表處急難救助LINE帳號Taiwan119

眾勿濫用急難救助資源。此項服務沒有花費任何預算，在原來急難救助手機上裝置LINE專線便可以提供鄉親貼心便利服務。例如，當年8月29日上午10時41分行政院的同事說他的朋友在清邁中風，透過這個LINE帳號協助，不花一毛錢，在當天下午3時26分，便已經連上當事人，確認已無大礙，即將轉到普通病房繼續治療。事實上，同仁告訴我，過去都必須用自己的私人LINE帳號服務民眾，以克服文字與圖片溝通、昂貴的國際電話成本及多方連結需求。

三個月後，LINE帳號Taiwan119一切測試結果都非常滿意、民眾非常歡迎，便要成為駐泰處的常態性急難救助服務。為了推廣這項便民服務，我們便設計數位名片。同時，我親自請求《世界日報》黃根和社長幫忙宣傳，他答應將我們的數位名片放在頭版頭宣傳，幾乎放置了三個月。結果沒有花一毛錢，泰國的鄉親都看到駐泰代表處的創新便民服務。

然而，急難救助服務的主要對象應該是為數眾多來泰國的臺灣旅客，而不是旅居泰國的僑胞。因此，我們與長榮航空及中華航空溝通，希望在臺灣機場報到櫃檯放置立牌向要到泰國的臺灣旅客宣傳。

LINE帳號Taiwan119在《世界日報》宣傳（2018/8/1）

最後，長榮航空同意在抵達泰國的空橋放置立牌，說明Taiwan119的急難救助服務LINE帳號；半年後，華航也同意放置立牌。我記得一個立牌是865泰銖（相當於臺幣），共製作六個立牌。結果，這項創新便民服務全部只花了5,190泰銖，非常多臺灣鄉親都知道與滿意這項服務，甚至都主動加入這個帳號為好友，以求在泰國期間安心旅遊。

頒發僑務諮詢委員證書給黃根和先生
（2018/12/6）

聘用在地人員協同處理急難救助，服務效率大幅提高

對國人同胞在海外旅行的急難救助服務對每個外館都是大事，而且所有駐外同仁不分假日都要二十四小時輪值，經常會造成很大的生活壓力，同仁在推動外交工作時還要臨時接聽急難救助電話與聯繫救助事宜，對各自的工作會形成困擾，甚至為了臨時調班問題還會產生爭議。不僅如此，臺北來的同仁大多無法看泰文、也只能用簡單泰語處理生活對話，因此遇到急難

急難救助服務LINE帳號Taiwan119機場立牌（2019/4/6）

救助還是需要請二位僱員輪流到現場協助。

為此，我花了很多時間思考，如何提供更好的急難救助服務、但又要降低同仁負擔，特別是不要干擾各業務組推動新南向政策。除了LINE帳號提供便利服務之外，我與同仁溝通很久，終於挪出一個名額，聘用一位當地僱員專責處理急難救助事宜，臺灣來的同仁只在週末輪值、而且輪值的頻率大為減少，有緊急問題再請當地僱員到現場協助。這樣的安排讓急難救助專業化與專職化，降低臺灣同仁的負擔，減少對外交工作的干擾，也提高對旅外鄉親服務的效率與品質。

最重要的工作便是要擴大服務能量，也就是要建立單一數位聯絡窗口與平臺，才能匯聚資訊、人脈與資源。而且，單一聯絡窗口希望由泰籍僱員擔任，才能以泰語與當地社會充分連結與溝通。然而，每一個對外連結窗口都是代表駐泰代表處，所以必須非常謹慎。因此，我們細心培訓每一個對外窗口的泰籍僱員，通常需要經過半年的準備與培訓，才能讓他們獨當一面對外連結與溝通。

以教育組為例，教育組只有一位臺灣派駐同仁，不僅要負責所有教育交流、招生、教育展、華語測驗，還有很多公文及行政庶務需要處理，而且還兼轄緬甸。教育組還有一位當地僱員助理，主要提供翻譯及庶務行政。因此，教育組推動臺泰人才培育工作非常繁重，經常在加班。為此，我從領務組調撥一位僱員給教育組，以便負責數位聯絡窗口與維運臺泰教育交流服務平臺，並且請政務組一位秘書提供協助，同時我親自帶頭推動臺泰教育交流與合作。

沒多久，我們便設立LINE帳號TTedu及@TTedu，前者聯絡臺泰教育機構與重要教育人士，後者邀請泰國學生與家長加入，全部以泰文溝通，提供各個大學與獎學金介紹，甚至協助他們申請學校與獎學金，並開始組建「臺泰教育交流服務平臺」。一開始是非常辛苦的

過程，因為教育組同仁不用LINE對外聯繫，還是透過傳統的公文與e-mail聯絡。我只好一間一間拜訪泰國主要大學校長，同時親自與臺灣各大學的校長或國際長聯繫，並且透過每一場臺灣教育展後的餐敘，向臺灣各大學朋友說明建構「臺泰教育交流服務平臺」的目的與運作方式。在我離開泰國時，已經有54間泰國的大學及107間臺灣的大學國際長或主要國際交流負責人加入此數位平臺。

駐泰國台北經濟文化辦事處
Taipei Economic & Cultural Office in Thailand

台泰教育交流服務專線
LINE: TTedu

✓ 本專線以中泰語服務，協助台泰教育機構交流與合作，促進台泰產業人才培訓、產學與研發合作。

✓ 超過100家台灣大學、50家泰國大學、100家高中、語言中心加入，歡迎台泰教育機構加入此平台。

LINE帳號 TTedu

สำนักงานเศรษฐกิจและวัฒนธรรมไทเป
ประจำประเทศไทย

LINE @TTedu

การศึกษาอัจฉริยะเพื่อไทยแลนด์ 4.0

แพลตฟอร์มการแลกเปลี่ยนด้านการศึกษาไทย-ไต้หวัน
150+ มหาวิทยาลัย 11 แห่งติดอันดับ 100 อันดับแรกในเอเชีย
ทุนการศึกษากว่า 1,200 ทุน จากมหาวิทยาลัยไต้หวัน

ศึกษาต่อในไต้หวัน: www.studyintaiwan.org
ศูนย์แนะแนวการศึกษาไต้หวัน: www.tec.mju.ac.th
เฟสบุ๊ก: Taiwan Education Center, Thailand
ติดต่อ 02-579-1068

LINE @TTedu

เข้าร่วมรับข้อมูลข่าวสารทุนการศึกษา

上：臺泰教育交流服務專線LINE帳號：TTedu
下：臺泰教育交流服務專線LINE認證帳號：@TTedu

| 拜訪泰國國家發展研究院校長PRADIT（2018/2/20）

製作來臺就學手冊＋邀請網紅直播，雙管齊下行銷臺灣教育

　　後來，我們開始編撰教育手冊，包括到臺灣唸書與獎學金資訊的手冊及各主題教育手冊，好幾本都是以泰文撰寫，都可以在代表處網站免費下載。特別是，我們編撰一本「臺灣大學培育泰國4.0人才手冊」，彙整中央研究院及三十所臺灣的大學可培育「泰國4.0」十大產業人才的702個系所。此外，除了泰國學生可以申請臺灣各大學提供的約1,200個獎學金外，駐泰代表處將優先推薦到臺灣的大學就讀「泰國4.0」十大產業相關系所的泰國學生20-25名，可以獲得臺灣三個部會提供的全額獎學金。這本手冊相當成功獲得泰國政府各部會、

大學、產業界、學生與家長的青睞，也獲得泰國媒體的多次大幅報導，為臺灣教育做出最好的行銷。

還有，代表處每兩個星期便會邀請剛在臺灣畢業的年輕泰國校友以泰語進行直播，說明臺灣的教育優勢與學習環境。經過半年多的訓練與培養，我多派給教育組的僱員願意擔任主持人，結合剛畢業的校友用泰語說明在臺灣求學甘苦談，更能獲得泰國朋友的信任與到臺灣唸書的興趣。而且我們透過LINE@帳號傳遞直播及獎學金訊息給上面的四千多位學生與家長，並提供他們申請臺灣學校入學與獎學金的諮詢，再透過各種行銷場合邀請泰國學生與家長加入這個LINE@認證帳號，發揮宣傳的加乘效果。

"แพลตฟอร์มการศึกษาไทย-ไต้หวัน"
ความร่วมมือทางการศึกษายุค 4.0 จากแนวคิดสู่การปฏิบัติ

แพลตฟอร์มการศึกษาไทย-ไต้หวัน คำนี้ไม่ใช่คำเก๋ๆ แต่เป็นอีกหนึ่งเส้นทางการพัฒนาความร่วมมือและและแลกเปลี่ยนด้านการศึกษาระหว่างประเทศไทยและไต้หวัน ตาม "นโยบายมุ่งใต้ใหม่" ที่รัฐบาลไต้หวันให้ความสำคัญกับการพัฒนาความร่วมมืออย่างแน่นแฟ้นในทุกมิติกับประเทศในกลุ่มเอเชียตะวันออกเฉียงใต้

ดร.ถง เจิ้น หยวน ผู้แทนรัฐบาล สำนักงานเศรษฐกิจและวัฒนธรรมไทเปประจำประเทศไทย เปิดเผยว่า ขณะนี้สำนักงานฯ ได้รวบรวมสถาบันการศึกษาและทรัพยากรด้านการศึกษาต่างๆ และจัดตั้ง **"แพลตฟอร์มการศึกษาไทย-ไต้หวัน"** เรียบร้อยแล้ว เพื่อส่งเสริมการแลกเปลี่ยนด้านการศึกษาระหว่างไทย-ไต้หวัน ให้มีประสิทธิภาพมากยิ่งขึ้น โดยมีสถาบันการศึกษาทั้งระดับมัธยมศึกษาและมหาวิทยาลัยในประเทศไทยและไต้หวัน เข้าร่วมเป็นสมาชิกในแพลตฟอร์มนี้ โดยทางไต้หวันมีสถาบันการศึกษาเข้าร่วม 105 แห่ง ขณะที่ในประเทศไทย ประกอบด้วย มหาวิทยาลัย 42 แห่ง โรงเรียนระดับมัธยมศึกษา 62 แห่ง โรงเรียนสอนภาษาจีน 65 แห่ง

"แพลตฟอร์มการศึกษาไทย-ไต้หวัน" ยังรวบรวม**ทุนการศึกษาในไต้หวัน** โดยประชาสัมพันธ์ข้อมูลผ่านทาง **@TTedu**

ดร.ถง เจิ้น หยวน กล่าวเพิ่มเติมว่า ในความทันสมัยและการเติบโตของไต้หวัน ระบบการศึกษาของมหาวิทยาลัยในไต้หวันได้พัฒนาความสามารถของบุคลากรระดับสูงในภาคอุตสาหกรรม โดยผลการจัดอันดับมหาวิทยาลัยโลกของ The QS World University Rankings (QS) จากประเทศอังกฤษ มีมหาวิทยาลัย 11 แห่งของไต้หวัน มีชื่ออยู่ใน 100 อันดับมหาวิทยาลัยชั้นนำของเอเชีย

"แพลตฟอร์มการศึกษาไทย-ไต้หวัน" จึงเกิดขึ้นเพื่อส่งเสริมความร่วมมือด้านการศึกษาในทุกมิติระหว่างไทยและไต้หวันให้แน่นแฟ้นยิ่งขึ้น โดยไต้หวันยินดีอย่างยิ่งที่ชาวไทยได้รู้จักระบบการศึกษาของไต้หวันเพิ่มมากขึ้น

曼谷商業報專訪童振源大使關於臺泰教育合作（2018/11/30）

上：曼谷商業報專訪童振源大使關於臺泰教育平臺與手冊（2020/3/4）
下：由泰國僱員邀請臺灣畢業校友以泰語行銷臺灣教育直播（2018/11/10）

泰文泰語＋網路社群行銷臺灣觀光，美食與醫療尤為特色

　　以觀光而言，我先與觀光組同仁溝通推行觀光的目標、戰略與策略，包括量（人數）要提升，但是質（單價）也要提高，後者需要透過主題旅遊或自由行推廣，同時希望能認證優質行程的旅行社（後來觀光局便以泰國優先推動認證優質行程旅行社標章）。我們設定各種行銷方法與整合平臺，包括設立LINE帳號VisitTaiwan及@VisitTaiwan，前者聯繫觀光機構與重要觀光人士，後者邀請泰國觀光客加入，以泰文行銷臺灣觀光，並以泰語提供諮詢服務（包括急難救助諮詢），讓泰國朋友到臺灣安心旅遊。

　　代表處成立「臺泰觀光交流服務平臺」，包括設立群組邀請臺灣22縣市現任觀光局處長及交通部觀光局長加入，即時在平臺上溝通臺泰觀光合作事宜。此外，泰籍僱員每兩個星期便透過臉書與LINE@帳

臺泰觀光交流服務LINE認證帳號：@VisitTaiwan

上：由泰國僱員以泰語進行行銷臺灣
　　觀光直播（2018/8/20）
中：帶領泰國媒體與網紅參訪宜蘭傳
　　統藝術中心（2017/11/14）
下：帶領泰國媒體與網紅體驗靈鷲山
　　禪修（2017/11/14）

號以泰語進行直播，以泰文行銷臺灣觀光與回應泰國朋友的詢問。最後，代表處編輯多本泰文的主題旅遊與觀光行銷手冊，同時設立「泰愛臺灣觀光平臺」泰語網站Tour.Taiwan-Thailand.Net，讓泰國朋友免費下載所有手冊與瀏覽臺灣觀光資訊與免費下載所有手冊。

　　為了促進泰國朋友到臺灣觀光，我也特別於2017年底與2018年初帶隊泰國媒體與網紅到臺灣參訪，親自為他們導覽介紹臺灣高價的美食、風景、飯店、文化、醫療、農業與產業，並且透過這些旅行與他們成為好朋友，持續請他們協助推廣臺灣的觀光與各項業務。例如，泰國最紅的第三電視臺連續一個星期播放每集將近十分鐘該主播與我一起到臺灣參訪的見聞。後來，我多次分別邀請他們到官邸餐敘，他們對臺灣展現充分善意與友誼，有一次還在官邸現場興致來潮即時用手機錄影以泰語行銷臺灣，並邀請我一起入鏡問候泰國朋友。

帶領泰國媒體與網紅參訪法鼓山（2017/11/16）

　　還記得2018年2月6日花蓮地震，2月7日花蓮觀光處長便透過「臺泰觀光交流服務平臺」向我們表達，希望我們能率領泰國媒體與僑胞到花蓮振興觀光。二話不說，我便答應，接著整個過年都在忙著籌措經費、組團、機票、飯店、交通，感謝交通部、華航、花蓮縣政府及當時的蕭美琴立法委員的鼎力協助。泰國僑臺商與媒體朋友都非常支持這項活動，而且幾位泰國僑領還一起回臺灣，將捐款親自遞交給花蓮縣政府。

　　推廣臺灣美食是一件重要工作，除了有助於行銷泰國臺商美食之外，更是強化臺泰親善感情與促進泰國朋友到臺灣品嚐美食觀光的重要元素。除了在「再訪臺灣」（Taiwan One More Time）、「臺灣美

上：振興花蓮觀光泰國參訪團（2018/2/25-28）
下：在官邸宴請泰國媒體與網紅（2018/3/21）

食展」與「臺灣夜市」協助推廣每一家美食之外，我盡可能拜訪在泰
國的臺灣美食店家，親自品嚐與協助向泰國朋友與臺商推廣，並促成
泰國20幾家餐飲臺商合作製作臺灣美食店家聯盟聯合優惠券。甚至，
我還邀請幾位臺灣年輕網紅共同協助透過網路直播宣傳泰國長榮飯店
的美味牛肉麵。

左：向泰國正大管理學院（Panyapiwat Institute of Management）副校長推銷臺灣美食（2019/4/9）
右：臺灣美食店家聯盟聯合優惠券（2019/12/3）

透過網紅直播協助泰國長榮飯店宣傳牛肉麵（2019/9/5）

彰化基督教醫院到泰國進行健康講座
（2018/2/10）

此外，為了配合臺灣推動國際醫療觀光，駐泰處協助衛福部指定的一國一中心醫院——彰化基督教醫院到泰國進行多場僑胞的健檢講座，而且僑領與彰化基督教醫院溝通一個高階健檢優惠方案，我便親自在2019年4月陪同資深僑領到彰化基督教醫院進行健檢，並邀請泰國媒體與網紅到彰化基督教醫院參訪及體驗智慧醫療系統運作。

聆聽僑胞需求，推動行動領務

再以領務組為例，泰北的僑胞不斷反應，希望我們到泰北進行行動領務，以便僑胞辦理護照或相關證件，同時也驗證泰北山區年邁榮民在當地生活，以領取安養金。為了後者，我請同仁行文退輔會溝通，希望透過數位方式與僑領的協助證明，不用年邁榮民從山區搭車2-3個小時到市區驗證。經過將近一年的公文往返及溝通，終於完成這項任務。

至於泰北僑胞希望辦理護照或相關證件，領務組同仁表示，一半以上都是在諮詢，並不是需要辦理證件。因此，我便要求同仁設立數位領務LINE帳號：TTvisa，提供所有僑胞諮詢領務相關事宜。其實，透過電話、傳真、手機、E-mail都可以諮詢，但是為了讓所有泰國僑胞便利諮詢、多方連結、即時回應、方便推廣、傳遞檔案與圖片、及免電話費，設立這個帳號，獲得不少僑胞的好評。

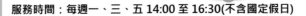

TTvisa
數位領務諮詢服務
Line 帳號：TTvisa

服務時間：每週一、三、五 14:00 至 16:30(不含國定假日)
服務內容：護照、簽證以及文件驗證等相關問題之諮詢服務、
　　　　　無戶籍國民、海外大陸地區人民、港澳居民入出境
　　　　　及居停留等相關問題。

駐泰代表處數位領務LINE
帳號：TTvisa

建構數位平臺，匯聚臺商巨大能量

再以臺商的能量為例，在泰國約有十五萬臺僑、大約五千家臺商，然而泰國臺商總會只有三百多家會員，而且我在三年期間見到的臺灣鄉親大約只有兩千人。剛到泰國不久，與日本駐泰國大使聚餐，我告訴他，雖然日本投資泰國金額是外商第一名，臺灣為第三名，但是在泰國臺商人數有十五萬人之多，以人數而言是外商第一名。日本大使回我，日本在泰國僑胞只有6萬8千人，但透過日本貿易振興機構（JETRO），每一位都有聯繫。因此，臺灣要如何匯聚泰國臺商的巨大能量便成為一項艱鉅挑戰。

為此，代表處與泰國臺商總會、世界華人工商婦女企管協會及華商經貿聯合總會合作，以泰國4.0的十大產業及臺商主要五大產業分佈為基礎，總共分成十五個群組成立「臺泰產業交流服務平臺」，同時代表處每個月提供一份《泰國經濟動態月報》給所有成員參考。在我離任泰國時，這個平臺已經有1,400多家臺商加入，成為泰國最大的臺商交流服務平臺，促進代表處與臺商之間的溝通與交流，同時促

進臺商之間的商機與夥伴關係。

　　在2017年前往泰國之前，我看過針對僑臺商舉辦攬才博覽會。然而，有多少僑臺商回去臺灣徵才？或許這並不是最有效的方式。姑且不論成效如何，要與各部會溝通在泰國舉辦這項徵才活動，恐怕曠日費時。正因為如此，我一開始便沒有考慮要在泰國舉辦實體的就業博覽會，而是希望透過與臺灣人力銀行合作的方式，成立人才平臺自動媒合徵才與求職供需。經過將近半年的溝通與籌備，1111人力銀行願意配合駐泰代表處的需求，終於在2018年4月2日成立「臺泰人才平臺」。

臺泰雙向接軌 廠商人才需求媒合	臺泰雙語人才 外派菁英卡位東南亞
• 資料庫涵蓋95%臺灣人才 • 超過6,000位雙語外派菁英	• 語言專長、外派泰國、重點產業及中高階人才精準條件媒合

「臺泰人才平臺」的目標與特色

來到泰國，認識泰國，也讓泰國認識臺灣！

泰北清邁、清萊地區多達近十萬僑胞，目前與臺灣密切互動的僑校約有101所。

駐泰期間，透過各種活動感受當地文化，也能從中了解當地僑胞及國人的實際需求。

參訪臺商在泰國的工廠和生產製程，臺灣人的活力，到哪裡都看得見！

1.9 協助臺商升級與促進臺商投資臺灣

　　到泰國沒有多久，與臺商多次交流當中，他們不斷表達產業升級與轉型的需求。為了協助臺商轉型升級，我積極與泰國臺灣商會聯合總會討論成立「泰國臺灣高科技中心」，邀請臺灣的高科技專家到泰國演講與諮詢。由於我在國安會曾負責經濟與科技智庫的整合，因此我便請各智庫負責人提供高科技與產業趨勢的專家名單給我，總共彙整219位專家供泰國臺商總會選擇，以他們的需求為導向，我再協助邀請他們需要的臺灣專家到泰國演講。

　　在抵泰不到兩個月的時間，「泰國臺灣高科技中心」於2017年9月20日下午在臺商總會正式開幕。透過具有產業經驗與研發先進技術的高科技講座，我們希望達成六項目標：協助臺商加速技術升級與經

泰國臺灣高科技中心開幕典禮（2017/9/20）

營轉型、建立臺商與臺灣研發基地及高科技產業的連結、培育泰國高科技人才、推動臺灣與泰國高科技產業合作、建立臺灣與泰國的產官學研合作網路、及形成潛在高科技產業鏈與跨國合作夥伴。

在不到半年的2018年初，為協助臺商技術升級與轉型及提升在泰臺商的國際競爭力，駐泰代表處進一步建立「在泰臺商技術升級及移轉機制」的媒合平臺，促進在泰臺商與臺灣技術法人的合作，使泰國臺商能善用臺灣技術法人充沛技術資源，提升企業的競爭力與附加價值。

駐泰代表處與臺商總會合作如此順利與快速，很大因素是泰國臺商總會劉樹添總會長非常支持與積極協助推動。劉總會長在臺灣已經是非常成功企業家，1985年便獲得「第八屆青年創業楷模」，1988年到泰國投資設廠，成立泰國第一琺瑯公司，法國第一品牌LE CREUSET、美國惠而普等精品鍋具大廠皆為其客戶。劉總會長做事非常認真務實、而且不忘回饋社會，他的名言是：「刻苦耐勞，從基層做起；發揮敬業精神、善盡本分、貢獻社會。」十多年前他已經交

左：劉樹添總會長陪同童大使抵達泰國曼谷機場（2017/7/22）
右：泰國臺商總會歡迎會（2017/7/28）

棒給第二代經營。我到泰國時，劉總會長剛邁入第二任，因此非常高興與我配合拓展臺商商機，合作默契十足。

　　劉總會長在2019年5月卸任總會長一職，又回到悠閒的生活，每個星期打高爾夫球與按摩六天，不到半年便瘦了七、八公斤。不過，劉總會長早已經答應在隔（2020）年接下亞洲臺商總會總會長。在去年五月中旬，總統府詢問我接任僑委會委員長時，劉總會長便不斷鼓勵我承擔責任。很恰巧的，我在六月接任委員長，而劉總會長於七月底接任亞總總會長，而且因為疫情關係，便沒有回泰國，在臺灣擔任專職、專業與專心的總會長。劉總會長再度成為我的最佳搭檔，積極配合僑委會工作，我也非常支持他要推動的行銷臺商品牌與在臺灣設立海外臺商營運總部構想，我甚至告訴他，我在僑委會幫他準備一間辦公室，歡迎他隨時來用。

▎劉樹添先生接任亞洲臺商總會總會長（2020/7/18）

為配合政府新南向政策，駐泰代表處於2017年4月21日便設置「臺灣投資窗口（Taiwan Desk」），以專案協助方式，提供廠商所需的法律、會計、稅務及產業等諮詢服務，協助臺商掌握在泰國投資訊息，尋找可能的投資商機及媒合機會，做出最佳投資布局決策及營運方向。然而，「臺灣投資窗口」並沒有立即發揮作用，甚至連辦公室是否設在駐泰代表處內都有爭議。

　　我到達泰國之後，經過三個月的溝通與協調，駐泰國代表處將「臺灣投資窗口」轉型為臺泰雙向投資服務LINE帳號TaiwanFDI的單一數位聯繫窗口，提供即時、華泰雙語、雙向投資服務，涵蓋五大項目服務內容，包括投資諮詢、交流服務、考察服務、媒合投資夥伴、促進泰商與臺商赴臺投資。同時，駐泰代表處也設立服務滿意度與建議調查系統，精進雙向投資服務品質。

TaiwanFDI
台泰雙向投資服務

台泰雙向投資服務Line帳號：TaiwanFDI
駐泰國代表處設立台泰雙向投資服務Line帳號TaiwanFDI，同步服務台灣企業與泰國企業雙向投資諮詢，服務範圍包括投資諮詢、交流考察、媒合商機與協助台商技術升級等服務項目。
歡迎台灣企業與泰國企業搜尋Line帳號TaiwanFDI，會有專人免費提供諮詢服務

LINE
加入請掃
QR-code

┃ 臺泰雙向投資服務LINE帳號：TaiwanFDI

| 「泰國僑商國家建設與投資參訪團」晉見總統（2017/10/16）

　　更進者，為了促進泰國僑臺商深入瞭解臺灣重大建設與產業，進而投資臺灣，與協助國內企業與泰國僑臺商合作走進東南亞，我親自率領重要僑領與臺商組成「泰國僑商國家建設與投資參訪團」，於2017年10月國慶之後便回臺灣參訪「五加二產業創新」，從北到南參訪各部會、科學園區、研發機構、產業公會與地方政府。

　　其次，美中貿易戰使得在中國臺商持續將供應鏈南移至泰國等地。駐泰代表處在2019年6月與海基會合作，成立「大陸臺商泰國服務平臺」，提供臺商赴泰經商的全方位諮詢與相關協助。同年11月11日，泰國臺灣商會聯合總會邀集24位泰國具實力且有意願回臺投資臺

商組團，回臺灣六天參訪重要高科技園區及研發機構，促進泰國臺商回臺投資與媒合夥伴共同進軍東協市場。

| 2019泰國臺商臺灣投資參訪團（2019/11/11）

1.10 團結僑胞與國會議員，擴大外交工作能量

團結僑胞的力量對外館推動業務非常關鍵，因為僑胞懂得泰語、熟悉當地政經與文化、有很多當地政府與社會關係、甚至有當地的國籍。在海外，駐外大使代表中華民國（臺灣），必須服務與團結所有僑胞。當然，如何避免國內朝野對抗延伸到海外，需要謹慎圓融處理。

外交沒有黨派，共同支持臺灣

除了說明政府政策之外，我會公平對待不同政治立場的僑胞，讓大家知道我是為政府做事、代表中華民國（臺灣），甚至在作法上可能造成他們的心理不公感受都必須非常謹慎。但有時候，不同政黨立場的朋友難免無法充分信任我，我便個別邀請這些僑界朋友到官邸深談，向他們耐心說明與溝通，逐步取得他們的信任與支持。對於到泰國訪問的朝野立委與前副總統吳敦義（當時也是國民黨主席），我都秉持中立的政府立場接待，僑胞看在眼裡，也會感受在心裡，逐漸信任我的立場。

到泰國之前，我便拜會「臺灣與泰國國會議員友好協會」會長趙天麟立法委員。到泰國不到二個月，駐泰代表處要協助泰國臺商總會成立「泰國臺灣高科技中心」，便邀請趙會長協同該協會的立法委員來泰國加持。2019年7月新館落成啟用典禮，同樣邀請「臺灣與泰國國會議員友好協會」多位成員前來泰國加持。多位立法委員到泰國，

接待到泰國訪問的吳敦義前副總統（2017/11/28）

不僅會宣慰僑胞，更重要的，他們會拜訪泰國國會議員與政黨，而且泰國臺商還組成「臺泰國會議員友好協會顧問團」協助，對代表處推動政務裨益良多。

過去同仁接待立法委員參訪大多視為例行公務，但是，經過半年後，我便告訴所有同仁，立法委員到泰國參訪，我們不僅應該要協助他們安排相關行程，而且要非常用心協助與參與，他們是來幫助我們推動政務的、不是來麻煩我們的。在臺泰政治關係困難的情況下，只要立法委員到泰國參訪，而且他們同意，無論執政黨或在野黨，我都會盡可能全程陪同，以便透過這些立委協助代表處建立與泰國國會議員及政黨的關係。當然，我也會趁機全面地向來訪的國會議員說明推動臺泰關係的政策與做法，以便取得他們更多的支持與協助。

在泰國的友誼是一點一滴逐步積累而成，非常感謝泰國僑胞的熱情支持與鼎力協助，讓我有機會結交這麼多泰國好朋友。在回臺灣

上：臺泰國會議員友好協會顧問團接機來訪的立法委員（2017/9/18）
下：「臺灣與泰國國會議員友好協會」立法委員參加駐泰代表處新館落成啟用典禮（2019/7/24）

前，雖然仍有疫情，非常多僑團歡送我，泰國工業院及泰國總商業的主管都到官邸歡送。特別是，泰國的朋友True Vision集團執行副總職Sompan Charumilinda邀請我到他們的電視臺錄製一段影片配上泰文字幕向泰國各界朋友告辭，這段影片（https://youtu.be/VveHD9QIhcM）廣泛在泰國電視臺及網路播放，據說引起很多泰國官員與社會各界的注意。此外，正大集團資深副總裁陳少澄也幫忙將我離任回臺灣的消

息在四家泰國報紙報導。

　　還有很多類似的泰國故事，我便不再贅言，會透過小方塊分享更多故事。就在上述的泰國經驗基礎上，我在回來臺灣前，便大致擘劃

上：泰國工業院主管與
　　泰國臺商歡送童振源
　　大使（2020/5/22）
下：高齡79歲世華泰國
　　分會創會陳李淑雲會
　　長歡送童振源大使
　　（2020/5/22）

僑委會未來的施政理念與方針，有很多想法，就等著回臺灣溝通與逐步落實。下一章，我想談談從泰國回到臺灣推動全方位僑務工作使命的故事。

上：童振源大使到泰國電視臺錄製離任影片（2020/5/25）
下：泰國總商會主管與泰國外商協會主席歡送童振源大使（2020/5/27）

駐泰代表處設立Line帳號TaiwanFDI雙向投資服務平臺 （2017-10-24）

為加速臺泰產業鏈結與合作，駐泰國代表處自即日起設立Line帳號 TaiwanFDI的單一窗口，提供即時雙向投資服務，涵蓋五大項目服務內容， 包括投資諮詢、交流服務、考察服務、媒合投資夥伴、促進泰商與臺商赴臺 投資。同時，駐泰代表處也設立服務滿意度與建議調查系統，精進雙向投資 服務品質。

為配合政府新南向政策，駐泰代表處於本（2017）年4月21日設置「臺 灣投資窗口（Taiwan Desk）」，以專案協助方式，提供廠商所需的法律、 會計、稅務及產業等諮詢服務，協助臺商掌握在泰國投資訊息，尋找可能的 投資商機及媒合機會，做出最佳投資布局決策及營運方向。

在「臺灣投資窗口」的服務基礎上，駐泰代表處將擴大與整合雙向投資 服務資源。首先，TaiwanFDI的雙向投資服務平臺將以中泰語提供雙向投資 諮詢，諮詢內容包括臺灣與泰國的經濟狀況與前景、經濟與產業政策、法 律、會計與稅務。

其次，TaiwanFDI的雙向投資服務平臺將提供雙向交流服務：協助有意 到臺灣之泰國企業聯繫安排參訪，對象包括臺灣經濟部投資處、相關部會、 產業公會、產業聚落及相關單位；協助有意到泰國投資之臺灣企業聯繫安排 參訪，對象包括泰國投資委員會（BOI）、東部經濟走廊（EEC）委員會、 政府部會、臺商總會、產業公會、產業聚落及相關單位。

第三，TaiwanFDI的雙向投資服務平臺將與旅行社合作提供雙向考察服 務，協助安排交通、住宿、翻譯（中泰雙語）、導遊及秘書等服務。未來駐 泰處也將設立服務滿意度調查系統，以便企業選擇旅行社。

第四，TaiwanFDI的雙向投資服務平臺將加強臺泰雙邊投資夥伴媒合服 務：以泰國臺灣高科技講座交流、拜訪、電話與Line等方式，徵詢臺泰商投 資意願及需要協助事項，建立有意到臺灣或泰國投資的臺泰商投資意向與需 協助事項之資料庫。駐泰處將根據臺泰商投資意向書資料庫，主動協助媒合 投資合作夥伴。

第五，TaiwanFDI的雙向投資服務平臺將積極促進泰商與臺商赴臺投 資：籌組泰商、臺商及工商協會赴臺參訪與促進投資臺灣，特別是臺灣的五

加二策略性產業；分
析泰商、臺商投資意
向與需協助事項之資
料庫，提供經濟部招
商政策參考；建立專
案追蹤服務制度，聽
取到臺灣參訪之泰商
與臺商意見，以便給
予必要之後續協助。

TaiwanFDI
台泰雙向投資服務

台泰雙向投資服務Line帳號： TaiwanFDI

駐泰國代表處設立台泰雙向投資服務Line帳號
TaiwanFDI，同步服務台灣企業與泰國企業雙向
投資諮詢，服務範圍包括投資諮詢、交流考察、
媒合商機與協助台商技術升級等服務項目。
歡迎台灣企業與泰國企業搜尋Line帳號
TaiwanFDI，會有專人免費提供諮詢服務

加入請掃
QR-code

臺泰雙向投資服務LINE帳號：TaiwanFDI
資料來源：駐泰代表處網站

駐泰國代表處成立「泰國臺商技術升級及移轉機制」平臺，協助在泰國的臺商技術升級（2018-01-12）

　　為協助臺商技術升級與轉型及提升在泰臺商的國際競爭力，駐泰國臺北經濟文化辦事處建立「在泰臺商技術升級及移轉機制」的媒合平臺，促進在泰臺商與臺灣技術法人的合作，使在泰國的臺商能善用臺灣技術法人充沛可移轉技術資源，以提升企業的競爭力與附加價值。

　　由於臺灣技術法人在協助企業前瞻性及跨領域技術扮演重要的角色，為落實政府新南向政策，善用我國技術法人所具多元充沛的技術資源，包括新技術與新產品委託開發及製程改善等，代表處將整合及協助媒介，提供「一站式」的便捷化服務，讓有需要的在泰臺商能與臺灣技術法人順利對接，以取得或共同開發關鍵技術。

　　目前本計畫已獲得工業技術研究院、資訊工業策進會、金屬工業研究發展中心、塑膠工業技術發展中心、醫藥工業技術發展中心等技術法人的積極支持，並將視臺商轉型或升級的需要，擴大與其他技術法人之合作，例如中央研究院、國家衛生研究院、農業科技研究院與國家實驗研究院等。

　　在此平臺架構下，臺商需先填寫技術需求的資訊，根據臺商技術需求資訊，臺灣的技術法人將提供技術協助評估報告，再透過LINE通訊媒體與臺商

進行跨境溝通達成初步共識，最後簽訂合同落實技術移轉與合作，加速臺商技術開發及升級。

有意填寫技術需求問卷的泰國臺商，請聯絡本處經濟組劉小姐（LINE：TaiwanFDI；E-mail：taiwandeskfdi@gmail.com；電話：02-6702507）。

資料來源：駐泰代表處網站

駐泰處成立「臺泰教育交流服務平臺」促進臺泰教育交流與產學合作（2018-02-07）

為積極推動新南向政策的人才培育與交流，駐泰國代表處成立「臺泰教育交流服務平臺」（LINE帳號：TTedu），透過此平臺的資訊傳遞與雙向溝通，不僅要促進臺泰教育交流與合作，也要鏈結臺泰產業、文化與觀光，擴大新南向政策的加乘效果與綜合效應。

駐泰國代表處匯集與整合各界教育資源與能量，目前已初步完成「臺泰教育交流服務平臺」建構，邀請臺灣各大學及學院、高中職的國際交流負責人員加入，累計已有84所大學成為群組成員（總加入人數達140人），學院群組及高中職工群組則持續建構中，同時也設立臺灣留泰學生群組，以擴大雙邊教育交流能量。

在泰國方面，「臺泰教育交流服務平臺」組成大學、高中、國際學校、留臺校友會長、留臺校友教師及華文學校等群組。目前，此平臺已邀請31所泰國大學加入群組（總人數69人），另有13個留臺校友會長加入群組，69位泰北學校主管加入群組。

在初步運作成效方面，「臺泰教育交流服務平臺」已經彙整30幾個臺灣的大學獎學金，將每個學校的獎學金訊息傳給群組內的泰國大學與高中，並在將近三萬個粉絲的中泰文版臺泰粉絲頁（Taiwan Thailand Fans）廣為宣傳，協助臺灣各大學在泰國招生。

此外，臺泰教育機構透過這個平臺更加有效與快速地傳遞教育交流訊息

及進行雙向溝通。例如，先前接獲臺商轉告，泰國教育廳徵求可接待2,000多所學校學生前往遊學的臺灣大專院校，經此平臺轉載消息，一夕之間便有12所臺灣的大學表達願意瞭解與參與辦理泰國高中生前往遊學的接待任務。

　　未來，駐泰代表處即將完成「臺商人才培育計畫調查」，將彙整臺商培育人才的需求，再將調查統計結果透過「臺泰教育交流服務平臺」傳給所有的臺灣大學，作為各大學規劃臺商人才培育課程的參考。另外，駐泰代表處也將調查臺商願意提供臺灣學生實習的機會，或願與臺灣各大學進行產學合作的意願，再透過此平臺將相關訊息通知臺灣各大學，由各大學評估後參與合作。

　　「臺泰教育交流服務平臺」是一個嶄新的臺泰教育交流與合作的新平臺，可以更有效與迅速地促進臺泰教育交流與產學合作。駐泰代表處歡迎臺灣與泰國的各大學國際處與學院、高中職與國際學校加入此平臺，直接在通訊軟體LINE上搜尋「TTedu」加為好友，再由平臺管理者加入相應群組，共同為臺泰教育交流與產學合作創造新猷。

資料來源：駐泰代表處網站

駐泰國台北經濟文化辦事處
Taipei Economic & Cultural Office in Thailand

台泰教育交流服務專線
LINE: TTedu

✓ 本專線以中泰語服務，協助台泰教育機構交流與合作，促進台泰產業人才培訓、產學與研發合作。

✓ 超過100家台灣大學、50家泰國大學、100家高中、語言中心加入，歡迎台泰教育機構加入此平台。

LINE帳號 TTedu

▌ 臺泰教育交流服務專線

駐泰處成立臺泰觀光交流服務平臺VisitTaiwan
（2018-03-19）

為了加速提昇泰國旅客到臺灣觀光的數量與質量，駐泰代表處成立中泰雙語的「臺泰觀光服務平臺」，透過LINE帳號VisitTaiwan成立各個工作與交流群組，整合臺灣各部會與各縣市、臺灣旅宿業者與觀光協會、泰國旅宿業者與觀光協會、泰國媒體與網紅等的人脈、資訊與資源，並且與臺泰臉書粉絲頁（Taiwan Thailand Fans）合作行銷，協助臺灣觀光產業拓展泰國的觀光市場。

除了連結駐泰處與臺灣交通部觀光局同仁的之外，駐泰處已經與臺灣各縣市觀光局處長成立LINE群組，直接討論泰國旅客到臺灣觀光的整體政策與相關作法，並且整合與協助各縣市拓展泰國觀光市場的資訊與行銷資源。

其次，駐泰處也分別與各縣市單獨成立推動該縣市觀光的工作群組，包括當地的觀光局處長、同仁、觀光協會及旅宿協會，針對每個縣市的觀光推廣進行直接的雙向交流與具體合作溝通，並透過臺泰粉絲頁與其他臺泰交流平臺協助行銷。特別是，駐泰處將與各縣市溝通，希望提前三個月以上，運用駐泰處的行銷管道，啓動各項重要節慶或觀光活動在泰國的行銷計畫。

第三，駐泰處已經與泰國重要旅行社組成「優質臺灣旅遊」群組，將配合交通部觀光局與臺灣觀光協會對於旅遊行程的優質旅遊認證作法與行銷補助，並且鼓勵臺泰旅遊業者開發各種優質主題旅遊行程與協助行銷，例如運動、觀光醫療、浪漫婚紗、宗教禪修、溫泉養生、賞花茶香、民宿茶鄉、節慶、銀髮族之旅，提升泰國旅客到臺灣旅遊的品質與多元性。

第四，駐泰處已經彙整泰國旅遊相關的媒體記者與網紅，未來將持續與這些媒體朋友與網紅合作在臺泰粉絲頁宣傳臺灣的觀光，包括整體縣市觀光與個別旅宿業者的行銷，並且提供媒體與網紅的資訊給各縣市，協助邀請這些媒體朋友與網紅在適當的時間協助各縣市進行觀光行銷。

第五，駐泰處未來也會透過這個平臺與臺灣各部會互動，以便運用臺灣各部會的觀光資源拓展泰國觀光市場。例如，故宮博物院的重要展覽活動；文化部的博物館、美術館、表演活動、各項文創展覽；農業委員會的農場與農村示範區；客家委員會的浪漫臺三線等等。

第六，LINE帳號VisitTaiwan以泰語提供諮詢服務、投訴調查與急難救助等三項功能。為了推動泰國旅客到臺灣自由行，駐泰處將提供泰國朋友到臺

灣旅遊（特別是自由行）的諮詢服務，同時針對泰國旅客在臺灣遇到的各種旅遊糾紛，駐泰處也將與交通部觀光局與各縣市觀光局處合作，協助泰籍旅客的投訴調查，確保泰籍旅客的觀光權益，最後也將提供泰籍旅客到臺灣旅遊遇到急難救助需求的聯繫服務，讓泰籍旅客能獲得便利與安心的協助。

　　第七，駐泰處也成立「臺灣觀光之友」LINE商業帳號@VisitTaiwan，邀請有興趣或經常到臺灣旅遊的泰國朋友加LINE商業帳號@VisitTaiwan為好友，以便參與這個群組。駐泰處將透過這個群組不定期提供各種觀光活動與旅遊優惠訊息給泰國朋友，並且徵詢這些朋友促進泰國旅客到臺灣觀光的建議與協助。

資料來源：駐泰代表處網站

「臺灣觀光之友」LINE商業帳號@VisitTaiwan

「臺泰法律義務諮詢平臺」正式成立，服務臺商及推展律師產業新南向（2018-04-24）

我國推動新南向政策迄今已近兩年，臺灣與泰國人民往來交流更為熱絡，為因應臺泰人民交流增加後，彼此間從事商務及各類活動時發生有關法律之疑問，以及可能衍生之糾紛，駐泰國代表處設立「臺泰法律義務諮詢平臺」，招募有熱忱之臺灣與泰國律師投入義務諮詢服務行列，以協助加強保障雙方人民在法律上之權益。

為響應本平臺成立，臺北律師公會組團於本（107）年4月23至25日來泰國訪問，該團乙行12人由薛欽峰理事長率領，於4月24日下午3時赴駐泰國代表處拜會童代表振源，並出席「臺泰法律義務諮詢平臺」成立茶會，包括泰國臺商總會、泰國中華會館、華商經貿、泰國臺灣會館、泰國全僑民主和平聯盟、世華工商婦女會均派代表出席，現場亦有泰方律師共襄盛舉。

童代表致詞時表示，以往臺商於海外打拼，多單打獨鬥，面對當地法律問題時往往耗時耗力仍難以解決，代表處架設此平臺，目的之一即在協助臺商解決在泰國及在臺灣所面對經營管理企業的法律問題，同時亦能促進臺灣律師產業向外發展。未來不論臺商在泰投資或回臺投資，此平臺將能作為臺商堅實後盾，為臺商投資經營提供最佳法律保障，而臺北律師公會能自此平臺開始，以泰國作為據點，逐步拓展對東南亞之瞭解及經營，推展律師產業新南向。

薛理事長表示，臺北律師公會有超過7,500位會員，均學有專精，但臺灣律師並不瞭解東南亞市場，與東南亞各國律師間亦缺乏實務交流，殊為可惜。此次臺北律師公會應童大使邀請組團來泰國訪問，期間拜會了泰國律師公會、智慧財產權法院等，深刻瞭解到臺泰間在法律領域的國際交流合作仍有很大空間，此平臺的創設將能作為一個橋樑，未來臺泰間能藉由此平臺展開國際交流及臺商法律服務，十分令人期待。

參加「臺泰法律義務諮詢平臺」之臺泰律師已逾120名，專業涵蓋民事、刑事、行政訴訟、公司法、智慧財產權、商標法、專利法、跨境投資等，各律師將本服務之精神，提供有關人民交流、投資、置產等專業諮詢意見。在義務律師的協助下，兩國人民交流的基礎將更為堅實壯大，往來將更密切。駐泰國代表處也將公佈義務諮詢律師相關資料於網站及「Taiwan Thailand Fans」臉書

粉絲網頁上，另將視民眾需要，透過代表處Taiwan119急難救助聯絡Line帳號提供民眾律師資料參考運用。未來代表處將進一步協助義務律師提供跨境網路連絡方式，以更加便利民眾諮詢服務。

資料來源：駐泰代表處網站

駐泰國代表處公告專為泰國學生量身訂做的『泰國學生留學臺灣手冊』（2019-01-15）

值此泰國學生申請出國留學旺季，為讓泰國學生更加瞭解臺灣做為亞洲留學的首選國家所具備的優勢及鼓勵泰國學生赴臺灣留學，駐泰代表處特別集結留學臺灣簡介、留學臺灣的十大理由、臺灣大學英語學位學程查詢方式與參考清單及4項臺灣政府獎學金資訊，包含「教育部臺灣獎學金」、「科技部臺灣獎學金」、外交部資助的「財團法人國際合作發展基金會國際高等人力培訓外籍生獎學金」等3項攻讀學位獎學金及「教育部華語文獎學金」等1項研習華語文獎學金給泰國學生參考，並且提供泰國學生諮詢留學臺灣的LINE帳號：@TTedu。

臺灣不僅有優質大學教育、前瞻科技新知，各大學學費低廉而且提供非常多獎學金吸引國際優秀學生，同時泰國學生可以學習華語、體驗臺灣的多元文化與多采多姿生活。具體而言，泰國學生到臺灣留學的十大理由包括：優質大學、低廉學費與多獎學金、學習華語、前瞻科技、自由開放、便利舒適、健康活力、多元文化、產學兼顧與國際連結。

另外，前述3項攻讀學位獎學金計畫刻正陸續公告受理報名中，每年名額合計約20-25名，提供有意赴臺攻讀學、碩、博等學位學程之優秀泰國學子全額獎學金，其中「教育部臺灣獎學金」及「財團法人國際合作發展基金會國際高等人力培訓外籍生獎學金」受理報名期限分別至3月31日及3月15日止，「科技部臺灣獎學金」則將於2月公告，3項獎助項目及額度不一，各含學雜費、生活費或機票等，生活費每個月額度自新臺幣1萬2,000元至3萬元不等。另外「教育部華語文獎學金」自2月至3月受理報名，獎助泰國

學生赴臺灣華語文中心研習3、6、9或12個月的華語，每個月補助生活費新臺幣2萬5,000元。

　　泰國政府刻正積極推動「泰國4.0」經濟發展計畫，以升級既有產業為基礎帶動發展未來產業，優先發展之10大目標產業為新一代汽車、智慧電子、精緻農業、高附加價值觀光、新一代食品、自動機械及產業用機器人、數位經濟、生質燃料及生物化學、醫療照護、及航太與物流等產業。

　　駐泰代表處將優先推薦到臺灣的大學就讀「泰國4.0」十大產業相關系所的泰國學生20-25名，可以獲得前述臺灣三個部會提供的全額獎學金。

　　請有意赴臺灣留學、申請上述獎學金、或希望收到臺灣更多教育與獎學金訊息的泰國朋友或僑胞，歡迎加入「臺泰教育交流服務平臺」LINE認證帳號@TTedu，駐泰處將有專人以泰文、英文或中文提供諮詢服務。

資料來源：駐泰代表處網站

駐泰國台北經濟文化辦事處
Taipei Economic & Cultural Office in Thailand

LINE @TTedu

Smart Education for Thailand 4.0

150+ Universities, 11 ranked in Asia's Top 100
Over 1,200 Scholarships in Taiwan Universities

Study in Taiwan: www.studyintaiwan.org
Taiwan Education Center: www.tec.mju.ac.th
FB: Taiwan Education Center, Thailand
Contact: 02-579-1068

▍「臺泰教育交流服務平臺」LINE認證帳號@TTedu

駐泰國代表處設立「臺泰交流服務入口網站」
(2019-01-25)

　　為增進臺泰人民對駐泰國代表處相關業務及服務內容的瞭解，提升臺泰雙邊親善友好關係，駐泰國代表處特設立「臺泰交流服務入口網站」（http://Taiwan-Thailand.Net），臺泰民眾可在該網站取得臺泰夥伴關係進展及駐泰國代表處各項交流服務最新資訊。

　　上述服務入口網站主要包含兩大面向，第一部份為本處網站及公告、駐地新聞、領務及急難救助等與民眾息息相關之重要資訊。第二部份為本處甫於本年1月推出之新版「新南向臺泰好」手冊，展現本處以創意思維推動「新南向政策」的重要成果。第三，則是泰國學生留學臺灣手冊，內容包括留學臺灣的一般資訊、到臺灣留學十大理由、臺灣大學的英文學程、臺灣提供給泰國學生的各項獎學金、及中泰英語留學諮詢的LINE帳號。最後，羅列具實用參考價值的為民服務單一聯絡窗口及臺泰交流服務平臺資訊。

　　駐泰國臺北經濟文化辦事處歡迎臺泰各界人士參考利用「臺泰交流服務入口網站」（Taiwan-Thailand.Net），持續深化雙邊關係，促進各層面交流互動與合作。

資料來源：駐泰代表處網站

台泰交流服務入口網站
http://Taiwan-Thailand.Net

提供台泰交流重要資訊
- ✓ 領務及急難救助服務
- ✓ 「新南向 台泰好」手冊
- ✓ 泰國學生留學台灣手冊
- ✓ 為民服務單一聯絡窗口
- ✓ 台泰交流服務平台

「臺泰交流服務入口網站」LINE帳號Taiwan-Thailand.Net

駐泰處與衛福部成立「臺泰國際醫療服務平臺」推廣臺灣優質國際醫療服務（2019-01-30）

　　為在泰國推廣臺灣優質國際醫療服務及配合醫療新南向政策，駐泰國代表處、衛生福利部及負責泰國「一國一中心」計畫的財團法人彰化基督教醫院將於本（2019）年1月31日起合作共同試辦「臺泰國際醫療服務平臺」一個月到2月28日，透過LINE帳號TaiwanMED由駐泰處專人以中泰語提供我國國際醫療服務資訊及協助赴臺就診轉介的單一聯絡窗口，提供臺灣國際醫療相關資訊及參與本平臺之合作夥伴醫院國際醫療中心聯絡窗口LINE帳號，在泰民眾可直接與臺灣各大醫院窗口快速聯繫，以免費跨國諮詢方式獲得臺灣就診資訊與醫療轉介服務。倘欲詢問臺灣國際醫療優勢與一般性就診諮詢問題，駐泰處則將協助轉由彰化基督教醫院人員提供專業諮詢。初期「臺泰國際醫療服務平臺」將以臺商、旅泰鄉親及華人為第一波服務推廣對象。

　　臺灣醫療水準已獲國際肯定，國家地理頻道將臺灣醫療排名列為亞洲第1、全世界第3，諾貝爾獎經濟學得主克魯曼認為臺灣健保制度成功經驗值得美國參考學習，臺灣醫療服務具有高品質、價格合理、高科技、感動服務、完整專科服務及專業團隊等6大優勢，另外在整型、換肝及活體移植等領域，均居全球領導地位。據美國商業週刊報導，臺灣的活體肝臟移植五年存活率最高為93.5%，比日本高出12%，更比美國高出33%。

　　目前於試辦階段透過衛福部協調配合參與本平臺的合作夥伴醫院及診所共有6家，名單列表如下：和信治癌中心醫院、長庚醫院、彰化基督教醫院、彰濱秀傳醫院、高雄醫學大學附設醫院、維思登牙醫診所。本平臺未來會持續擴大臺灣參與的醫院與診所夥伴，歡迎臺灣有興趣的醫院及診所與本處連絡窗口LINE帳號（TaiwanMED）洽詢。倘臺商、旅泰鄉親與泰國朋友欲至上述合作夥伴醫院就診或諮詢臺灣國際醫療服務資訊，本處專人將協助提供聯絡窗口Line帳號。

　　另為推廣臺灣國際醫療及特色醫療，衛福部委託成立國際醫療管理小組之下共有76家臺灣醫療院所可提供專業之國際醫療服務，倘需進一步資訊可逕上「臺灣國際醫療網」（www.medicaltravel.org.tw）查詢，或由本平臺專人協助您查詢上述醫院之聯絡資訊。

「臺泰國際醫療服務平臺」（LINE帳號TaiwanMED）之服務時間為：平常日（週一至週五）上班時間9:00-17:00，週末（六日）及國定假日則不提供服務。凡有興趣瞭解臺灣國際醫療服務的臺商、臺灣鄉親及泰國朋友可透過加入LINE帳號將TaiwanMED設為好友，即可由本處專人協助提供資訊及轉介予優質之臺灣醫療團隊後續提供就診諮詢及就醫安排。

資料來源：駐泰代表處網站

駐泰國台北經濟文化辦事處
Taipei Economic & Cultural Office in Thailand

台泰國際醫療服務與醫衛交流窗口
LINE : TaiwanMED

✓ 台灣醫療技術全世界第三，收費大約泰國國際醫院的四分之一。

✓ 直接以LINE連結各合作醫院聯絡窗口，諮詢台灣國際醫療服務資訊與台商及華人就診綠色通道安排。

✓ 鏈結台泰醫衛機構，促進醫療產業交流合作。

LINE 帳號 TaiwanMED

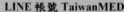

▍「臺泰國際醫療服務平臺」LINE帳號TaiwanMED

臺北駐泰童振源代表榮調僑委會委員長：待人誠懇、處事務實、觀念新穎（2020/5/18）

撰稿：黃河

　　本月15日臺北駐泰國經濟文化辦事處代表童振源博士，接獲新政府蔡總統及行政院長任命將接任僑務委員會委員長一職，童代表決定接受挑戰，將全力以赴擴大服務全球僑胞，辭去政治大學教職，出任僑務委員會委員長。

童代表原服務於國立政治大學預測市場研究中心主任、政大國家發展研究所特聘教授，是國際關係專家學者。於2017年7月22日被民進黨蔡英文政府派任駐泰國代表，是他首度擔任外交官任務。童振源代表使泰近3年除維繫泰臺關係外，對僑務服務創建許多簡潔快速的電子報導及聯繫平臺，依據需求人士之「所需」為服務目標，深獲僑界讚許，所有表現深受新政府肯定，特聘為僑務委員會委員長一職。

童振源原來是由國立政治大學借調到外交部派任駐泰代表，他原職是國立政治大學預測市場研究中心主任、政大國家發展研究所特聘教授，是一位國際關係專家學者。這是他首度擔任外交官出任駐泰國代表。

泰國是當前國際上極受重視的國度，在「東盟國家」佔了極重要位置。同時泰國華人佔泰國總人口約十分之一，在工商界居重要地位，近30年來臺灣中小型企業來泰投資甚為頻繁。

童振源代表近3年除維繫泰、臺關係外，格外對僑務服務創建了許多簡潔快速的電子報導及連繫平臺，以「民眾所需」為服務目標，深獲僑界讚許。

童振源畢業於國立臺灣大學政治學研究所碩士、1998年獲約翰霍普金斯大學高階國際研究學院（SAIS）碩士學位、2002年獲約翰霍普金斯大學SAIS國際事務博士學位。2008年獲行政院國家科學委員會優秀年輕學者獎，專長於國際政治經濟、中國經濟發展、臺灣政策學及預測市場等為其專業。

他步入政治舞臺是1994年任民進黨中央黨部中國事務委員會專案研究員，1995年任民進黨主席施明德特別助理及隨身機要，同年任民進黨中央黨部中國事務委員會幹事，1995年12月至1996年3月任民進黨總統候選人彭明敏新聞秘書，2014年與郭正亮、陳昭南共同起草凍結臺獨黨綱提案，提交民進黨全國黨代表大會討論。並曾任行政院大陸委員會副主任委員、國家安全會議諮詢委員；2016年5月

童振源大使的指導教授藍普頓教授
（2018/11/7）

20日至9月30日任行政院發言人。

童振源的著作及論述更是極多，都是以兩岸關係、經濟發展為主，對民進黨的改進意見及方案，臺灣農經發展等。他待人誠懇、處事務實、觀念新穎，是位非常務實的學人。

童代表處過去3年來在內部推動5項創新作法，包括「外交工作數位化、資源整合平臺化、政府民間合作雙贏、服務臺商需求導向、及創新改革與活絡資源」，建立服務窗口與平臺，整合資訊、人脈與資源，包括代表處內部、泰國社會的臺灣資源、臺灣各部會、臺灣社會、國際社會。

務實推動、創新執行「領務、經貿、科技、教育、醫衛、農業、文化及觀光」等8大領域服務平臺。

一、領務、僑務平臺（急難救助LINE：Taiwan119、數位領務LINE：TTVisa、義務律師服務窗口與平臺TECOLaw）：泰國義務律師提供臺僑商諮詢新冠肺炎疫情引發的勞資糾紛法律問題，有海外大陸地區人民赴臺入出境許可證申請手冊、與提供大陸人士赴臺申辦簽證諮詢《旅泰大陸地區人民資訊網》（http://Chinese.Taiwan-Thailand.Net）、「臺灣／泰國疫情說明網」（http://COVID-19.Taiwan-Thailand.Net）、「臺僑胞武漢肺炎（COVID-19）疫情資訊」、Telegram頻道帳號iTaiwan119。

二、經貿、投資TaiwanFDI、臺泰人才平臺1111thai.com：有臺泰產業交流服務平臺、臺泰新創企業服務平臺、泰國臺商服務手冊、臺泰新冠肺炎疫情防疫與商業媒合手冊。臺灣為泰國第三大外資來源國，2019年整年，外國對泰國投資全部申請金額衰退16.2%，全部核准金額衰退18.6%；相反的，臺灣對泰國投資申請金額卻逆勢增長233.7%，核准金額也逆勢增長278.2%，可見臺灣投資在當前泰國吸引外資扮演重要角色，而且絕大部分投資都在泰國重點發展的東部經濟走廊。而臺灣經濟前景也獲看好，泰國投資臺灣核准金額在前年增長942%達到歷史高峰後，去年再微幅增加1.1%，再創歷史新高，達到7073.2萬美元。相關數據均明確顯示臺泰間相互投資金額持續成長，充分展現雙邊經貿雙向往來熱絡現況。

三、科技、智慧城市平臺：舉辦高科技講座、高科技展示中心、臺灣形象展、Narlab／NSDTA、臺商技術服務平臺、臺僑商農業技術協助方

案、智慧城市手冊、Amata Taipei Smart City。由臺灣方的臺灣防災產業協會領銜，並包含開放資料聯盟、民生公共物聯網產業聯盟、臺灣人工智慧學校等產學研等超過100家公司。泰方則是由百家新創公司組成的科技新創協會（Thailand Tech Startup Association）為代表。雙方代表共同簽訂合作備忘錄，成立臺泰科技創新聯盟Thailand Taiwan Science & Technology Alliance for Innovation。

「泰國臺灣智慧城市資訊網」（http://SmartCity.Taiwan-Thailand.Net），彙整科技部、內政部、衛服部、經濟部、科技部、工程會、金管會、環保署、外貿協會、各地方政府及各公協會推薦之智慧城市相關企業資訊，發布第一本《臺泰智慧城市企業手冊》（Smart Cities in Taiwan: Businesses Directory）。

泰國「安美德-臺北智慧城」（Taipei Smart City@AMATA）是臺灣在新南向國家開發智慧城市之起手式。2019年8月20日，我中興工程顧問公司董事長陳伸賢與泰國安美德集團總裁邱威功共同簽

▌「安美德-臺北智慧城」啓動儀式交流會（2019/12/23）

署「安美德-臺北智慧城」開發案，並於12月23日在20多家臺灣系統整合商的參與下，在安美德工業區，正式舉行「安美德-臺北智慧城」啟動儀式。本案預定於本年完成規劃整地，雙方開始共同營運並招商進駐。相信這將是臺泰發展夥伴合作雙贏的新契機與新模式。

四、教育平臺（@TTedu）：有臺泰教育交流服務平臺、留學臺灣的各類手冊、僑生留學臺灣（僑生技職專班）手冊等。

　　自2015年度起迄今，泰國學生逐年赴臺人數與上年同期相較均呈現成長曲線，由2015年度1,591人漸成長至2018年度3,236人，且2019年度泰國學生赴臺人數更高達4,001人，較2018年之3,236人（該年度成長52.3%），再巨幅成長近24%，泰國已經超越澳門及美國，成為臺灣第八大境外生來源國及地區。臺灣學生及各校也分別積極展現交流意願，去年度至東南亞地區留學的10位公費生中，高達6位選擇來泰國留學，可見臺灣學生重視泰國教育在東南亞之優勢。7所臺灣之大學已在泰國設立辦事處，因為校方相信臺灣的優質教育將可成為泰國重點產業人才的培育搖籃。

　　駐泰處除新架設「泰國臺灣教育資訊網」，提供教育與各類獎學金資訊，供學生及家長們參考。網站資料分門別類、豐富實用，包含留學臺灣手冊、醫藥衛生留學手冊、農業留學手冊、華語學習手冊、大學辦理華語

　　夏令營資訊手冊、臺泰大學介紹、臺灣協助培育泰國4.0領域人才手冊，以及留學臺灣常見問題集等。有意赴臺灣留學的泰國朋友，也可利用「臺泰教育交流服務平臺」LINE認證帳號@TTedu，駐泰處同仁將以泰文、英文或中文，提供免費且專業的諮詢服務。

五、醫衛平臺（TaiwanMed）：臺泰醫衛交流服務平臺「Taiwan's Stories Against COVID-19」資訊網（http://XCOVID-19.Taiwan-Thailand.Net）因應新冠肺炎疫情，臺泰連線提供臺僑胞醫療諮詢服務《臺泰新冠肺炎疫情防疫與商業媒合手冊》。臺灣醫療品質屢獲全球評比肯定，據全球資料庫網站Numbeo顯示，臺灣今年醫療保健指數承去年佳績，繼續蟬連全球第一名。此外，去年9月，臺灣醫療照護體系連續被US CEOWORLD雜誌及權威的旅外人士交流網站

▌臺灣參加亞洲醫療展（2019/9/12）

InterNations評鑑為全世界第一名。另國家地理頻道亦將臺灣醫療科技排名列為亞洲第一，全世界第三。

自2016年新南向政策實施後，外國人到臺灣接受國際醫療的人數與產值均顯著增長，外國人到臺灣接受國際醫療服務人數與產值從2015年305,045人次與159億臺幣增長到2018年的414,369人次與171億臺幣。臺灣連續試辦泰國民眾入境免簽措施，泰國民眾到臺灣接受國際醫療服務亦大有進展，從2015年的1,220人次增長到2018年7,044人次，增長比例高達477%。

六、觀光平臺（@VisitTaiwan）：臺泰觀光交流服務平臺、「泰愛臺灣觀光網頁」http://Tour.Taiwan-Thailand.Net、臺灣教育觀光手冊、臺灣休閒農業觀光手冊、臺灣藝文之旅手冊。泰國赴臺人口在2015年有124,409人次、2016年8-12月增長88%、2017年292,534人次增長49.5%、2019年泰國到臺灣413,926人次，增長29.4%，泰國已穩居前10大入境臺灣市場成長率第1名。

七、臺泰農業交流服務平臺（TaiwanAgri）：臺灣的精緻農業發展早已
　　揚名於世，早年協助九世皇的泰北山地發展計畫已揚名於全泰，協
　　助泰國解決了泰北地區的安定問題，以高經濟價值作物取代原有的
　　毒品種植解決了泰北的山民民生問題，也解決了泰北雲南鄉親的生
　　計問題。

　　　　代表處更與臺灣農業科技研究院共同合作，成立「臺僑商農業
　　技術協助方案」，提供從農之臺僑商專業諮詢及技術服務，期藉由
　　協助泰國臺僑商進行技術升級與轉型，推廣臺灣農業技術、設備及
　　資材等，進而促進臺灣及泰國農業產業鏈結。「臺僑商農業技術協
　　助方案」，有興趣者可透過臺泰農業服務平臺（LINE ID: TaiwanAgri
　　或電話＋66-21193555 Ext.321），洽詢駐泰處農業室葉小姐。與
　　泰國交流相關臺灣農業資訊、農業技術人才應聘收費標準及臺僑商
　　農業技術協助方案申請表，均可至http://Agri.Taiwan-Thailand.Net
　　查看與下載。此外，財團法人國際合作發展基金會與泰國皇家計畫
　　基金會於2019年11月8日簽署第四期合作案。

▎國際合作發展基金會與泰國皇家計畫簽署第四期合作計畫合約（2019/11/7）

臺灣農委會與泰國農業大學合作種植番茄（2019/4/9）

中興大學國際產學合作聯盟到泰國天賜農場洽談合作（2019/5/18）

八、臺灣文化創意中心：

　　　　曾擔任曼谷國際書展主題國，在River City舉辦故宮博物館數位藝術展覽、華語歌唱比賽、舞鈴劇場、雙十國慶歌唱表演、臺泰微電影比賽、鄧麗君歌唱比賽、臺灣藝文之旅手冊，促進泰臺文化交流。

　　以上八項活動平臺就是童振源代表務實地執行他的行事理想風格，以受服務方之需求為主，在維護法理為前提為行事原則，這確實是具有「學人」風格。童代表受人尊敬就是他朝「理想」的行事，近三年的工作成效、行事風格深獲僑界佳評，更受政府讚許，相信更能以他這些年的行事經驗更能完成全球僑務發展。

資料來源：世界日報

泰國世界日報僑社新聞B6版刊出
（2019年3月22日）

借力台灣高教優勢 提升泰國4.0人力動能

駐泰國台北經濟文化辦事處童振源代表

泰國是東盟國家中快速成長的市場之一，目前在「泰國4.0」國家策略大力推動之下，正邁向經濟與工業的轉型。「泰國4.0」政策願景之一即在於培養21世紀具有競爭力的泰國人民，具體目標為於未來10年內提高泰國的整體人力發展指數達到全球前50名之列。檢視政策計畫內容，目的在於促進及支援國家整體的創新創意、高端科技及綠能科技等發展，因而人力支援係為政策骨幹，能力建構便成為提升政策動能的關鍵。而台灣在推動高等教育及研究發展的成功經驗將對有助增進「泰國4.0」政策下推動創新與科技人才育成的成果。

台灣的高等教育發展享譽國際，各級教育水準的質量建構成熟的研究發展整體環境以及開放、自由的國際教育合作。近年來，台灣在頂尖大學、可負擔學費及眾多的獎學金計畫、華語文學習課程及人才培力等方面廣獲全球各界稱許，而有利於創新及變革的學習環境亦受到矚目。台灣有70所大學、85所科技大學及大專院校，具有豐沛的高教資源及機會，2018年台灣高教的卓越素質及影響力再次受到國際肯定：11所大學名列亞洲前100大(2018 British QS Asia University Rankings)，另31所大學名列全球250大(2018 Times Higher Education Asia-Pacific University Rankings)。台灣高教同時也為泰國政府肯定，國立台灣大學是目前唯一獲泰國政府許可在泰國設立海外分校的外國大學。

為參與泰國政府推動4.0、建構科技與創新能力的努力，駐泰國台北經濟文化辦事處前所做的調查結果發現，台灣有30所大學、702個系所可協助培力泰國4.0所需產業類別的高科技人力。台灣優質的高教資源將對泰國培育創意創新的人才做出建設性的貢獻。

值得一提的是，合理可負擔的學費及眾多的獎學金計畫讓更多的國際學生更輕易獲得赴台學習機會。台灣每學期大學與研究所學費水準一般介於1500-2000美元，另政府與學校單位亦提供各類獎學金吸引全球各地優秀學子赴台學習。隨著台灣政府大力推動「新南向政策」，為加強與東盟國家緊密與廣泛的關係，政府提供泰國學生25名全額獎學金，另大院校提供約1200名獎學金名額。各類獎學金計畫申請都十分熱門，廣獲好評，不僅因為優質學習課程，更因台灣是個開放、包容又多元文化的學習環境。

近期可申請的獎學金為「台灣獎學金計畫」，目前開放申請至3月底，同時提供學雜費(最高額達新台幣4萬元)及生活津貼(大學生每月新台幣1萬5000元，研究生/博士生每月2萬元)，更多申請條件及相關資訊可加入本處設立的LINE帳號@TTedu，可用泰文或英文答詢。赴台學習、研習及體驗多元文化環境已成為許多國際學生的流行風潮，特別來自東盟國家的青年學子(許多生動有趣的在台學習體驗心情分享可上「Studying in Taiwan」專屬網站:https://www.studyintaiwan.org)。

台灣豐沛的高教資源及多元的申請機會所具備的優勢，將可成為泰國4.0新創人力的育成重鎮，共同合作協助經濟及產業的再造及升級。對於泰國政府部門及教育機構，目前正致力提升全國人力資源及培育科技人才，台灣將是可分享教育資本的有力合作夥伴，台灣政府及研究單位都十分樂意將培力高端人才的豐碩成果及資源投入泰國4.0的目標與願景，創造更富競爭力的人力素質。

《世界日報》報導臺灣與泰國的高等教育合作計畫（2019/03/22）

駐泰國台北經濟文化辦事處童振源代表就任兩周年 專訪特輯

《創新作為・僑民有感》
童振源就任兩年 打造新南向橋頭堡

駐泰代表童振源范玟社・分享就任兩年的感想心得與成果。 記者李東憲／攝影

【記者黃如旭】駐泰國台北經濟文化辦事處代表童振源，上個禮拜受本報專訪，侃侃明談從任兩年來發展的各聯群件開發的成的實質成果，一一分享施政心得。

5創新作為 拚有感服務

童振源就任兩年來，利用網路科技整合政府資源，先後成立12個單一窗口、12個諮詢服務平台、強化台泰雙邊交流，促成建立學伴合作，加上新南向政策加持，讓民眾對接受多面向各項創新服務的實感明顯。

童振源除分享本處建構的事項查詢時表示，撥有更新代表係成長陷路推動服務，包括整合代表處內部資源，結合泰國各界力量，整合泰國各界。善用民間力量，以及強化訪輔導機制。

「唯有清楚瞭解面對的挑戰，政府才能提供最適切的協助」。童振源說，他費先花了一段時間瞭解僑社想法，政治易局，認與在地溝通聯繫的僑胞職掌人脈統，建立台泰人脈，以奠定合作基礎，建立長遠關係。

他說，這次新南向，與1980年前面向西歐市場，經貿環境改變，勞動力增加，環保標準提高等因素往因為促成邊這眾中有所改變，「以人為本」新開發是最方向重要。

內此，理解台參關鍵中關鍵、童振將直接「以長遠4.0為主；既為新而以的重點以以未來，建大部分好時台澄科技結合企業計入才，

與此，本書1.0的「促進」和「強進」，台灣稅以最為核地以都於不合作時雙要，基本對灣各界以新，政府及整數合企都影數，台灣科技兼溫要、才以明早企兼的協助形成的各有，保的基本訂大

童振源立於是泰最成的許多連傾醫療在提供，並各時向其醫療需求結合，讓投比分享立興英進醫療整合計畫，可以對於台泰各界人口百分之之，台灣醫界科技，農業織海各影等更等等等，泰方協力。童振源表示台泰農業。

單一聯絡窗口 深度交流平台

就服務便利、文化、電商、教育、醫療、農業服是泰國僑胞基在、代表處深耕泰國於民的力量結合的需要，是一聲讓政府與各界連度契合度深，以趣作為建議在通過LINE溝通平台，成立10個為民服務單一聯絡窗口，與12個中泰交流服務平台。

僑胞的電話、傳真，照率致時反映，連便電郵都立刻即時反映，為人服務輪，輪紹雙向溝通，即是輔導僑胞一窗口，一理緊雙對國應政等合泰溝通、深度交流平台是一屯些，原時博及較也認須確的「服務平台」，以推動兼各華人民共同利益。

駐泰處結合政府與泰各界送贈的禮物泰盧是台源遊，宣揚台澄慈善之邦正能量。 記者黃如旭／攝影

為民服務單一聯絡窗口

名　稱	功　能
1	Taiwan119	提供急難關護急服救助服務
2	@Taiwan119	發生重大事故時，協助辦理與確能的緊急服務申請權利。
3	TaiwanFDI	提供台泰企業智向投資諮詢，商機媒合與協助合推找回升務等服務。
4	TTedu	中小學語困的教育機構交流洽詢，在泰大學招生易學申辦等
5	@TTedu	泰國民間僑等各項台灣僑學會向合泰教育交流訊息、諮詢服務窗口。
6	@VisitTaiwan	泰國民眾申請觀光來台、旅遊、食宿旅客自國洽詢、申辦窗口
7	TTvisa	泰國民眾與台灣簽證各等與各件等發問應之窗口，資過和文等協會問題
8	TecoLaw	目前已有120位名優秀律師顧問，以國獻泰公民問法諮詢律師
9	TaiwanMED	服務民眾有關泰國因台灣之關照面立與急難各醫療服務面式式，與台溝通協助案例醫師解醫等服務。
10	TaiwanAgri	提供台泰農業推廣技術交流、產業對技與商機媒合服務。

台泰交流服務平台

名　稱	功　能
1	泰華新聞台	中、泰文僑書台運港，目前與泰本國超約有4萬5000名會員
2	台泰人才平台	協助台泰企業聘人才媒合的人力資料，其資科庫涵蓋全台約95%的就業人才，與600的位職務人才。
3	台泰農業交流服務平台	提供農業、0十大農業科技商農等分級、分成15個農業鏈、彙整1400家的台供應商農、商超泰農業交流合作
4	泰國台商辦務平台	全整合與研發機構技術與研策聯綜窗口、聯絡窗口、協助台創計辦升級與輔導
5	台泰科技交流平台	駐泰處與國立灣中州分計畫委會、商業研究院各合作、已有五家的新南市場協議科議訊加入的台灣新新企加入。
6	台泰商業交流服務平台	目前有超逾120名台泰諮詢聯保僑各等僑服務
7	台泰教育交流服務平台	由台泰教育平台結合，整結入此平台，逾逾155間台泰大學，100所高中校院等
8	台泰醫療交流服務平台	串聯台泰醫院、大學醫學院、智慧研究機構與相聯應產，協助台泰留療機構構與療交流等合作
9	台泰農業交流網路平台	建構溝通與官舉時的台泰農業交流平台，串聯台泰農農業等各市農業，農民其科分享台泰農農業平台
10	泰國台商資訊網路平台	駐泰處每YouTube上的台灣電視網路頻道，並設立網站「WatchTaiwan.TV」為首頁，方便泰國觀眾連結台灣電視網路頻道，並架構起出旨
11	台泰醫療服務網路平台	泰國國際版人泰站台台灣國醫療資訊版與醫療中心LINE帳號，可直接連結各大醫院間訊帳號，獲得線詢該醫所輔導服務等
12	大陸出商務服務平台	提供能全方位求資訊問服務，由館應與地各泰公商泰商等合作。

記者黃如旭／整理

《以人為本》
以新南向國家的發展需求為主
建立互惠夥伴關係 政府與人民皆蒙利

【記者李東憲／曼谷報導】「台灣與泰國的夥伴關係，不僅只有台灣與泰國之間，還要重視經濟與各身與民人們的生活、雙方在各面向的互惠夥件，認對台灣在面正量影響」。童振源表示，過去發展向面向西歐市場，「以人為本」的對照對重要。

童振源說，過去新南向，與1980 年前面向西歐市場的轉換，重要的是新南向目標發向與人民需求結合，「對人為本」以為的中心，人民為的，政府與人民皆蒙其利。

「唯有清楚瞭解面對的挑戰。政府才能提供最適的協助」。童振源到處走訪，傾聽反映意見。 記者李東憲／攝影

《區域資源整合》
讓友邦認清台灣的重要性

【記者李東憲／曼谷報導】長期關注新南向深層發展的童振源特別針對區域資源整合，從推動各面向，在各層面增強台泰交流合作，在泰結時期建立合作深層。對於連過各的溝通機構，最不淺等「邁進一點點細」。

童振源歷上積月累不斷，目前已超過不斷月累，「區域全資源整併」（ECEP），金結新南向，政府各界的合作開發完善政策。「希望能協助泰方，在雙更方面的合作中輕形一度能切好相輔相成的方式」。

童振源說，台灣超對泰國正式鄰與社界各界三大投資領域，台灣目各技術施加強度，泰參國4.0列到大重點推動。4.5 泰對新南向。「可以一個一個對起」。

他說，本南在一下，科技、經貿、農業、醫療，南、基至頻方力各面向的文化、電商、觀光、以及S區、AI教科技等方面，台灣泰僑要合作夥伴，並是「對各資源的變重變，發展要合作夥伴的泰僑。

今年3月泰社灣國農實研究院與泰國實家科學開設了MOU，今後雙方深作將農業合作，兩國會不斷加入，再實泰各界資源等是保供面向世界。本技科展與期末合中署泰國MOU的工程同，也有農業各異各界資。

內此，也詢近泰國際的台的農業泰合作，做出更多實力投資，以與國泰，是展的重大意義。在教育、醫療、科技方面，給司幾一步開放相關及本國連等合。各方頻的農業各機加更多方面面重連結，要方泰務勢。

《祝福佛國新政府》
樂見順利組新閣 創造泰民更大福祉

【記者李東憲／曼谷報導】「我們樂見泰國新閣能順利組成與制度落進，讓泰國繼續提升其各方面與世界接軌融合的發展」。童振源代表滿著樂觀、向開朗的心、表達祝福新政府的殷切期待。

童振源特別鼓要對兩國聯手合作各面向，讓泰國繼續政治與各方面發展的新南向進民主政治的間續繼進行，「不僅是關新此，台灣願意繼續提供其強力支持」。

童振源探到樂見未來5年泰國内將連通過泰灣大學互各界聯合，這是泰國灣各界交流連絡也各。如果看到了「泰國和」不再是分析」的原願，這是已大的光彩、影響世界也無不輕重的影，續泰各與國商內各以度，以做改各的學進與大對部的學問導的方協助，可以度立各地的關展力對方各今的教育與「但達臺的國事立的學習力更心已要影國與與各的育才」。

童振源表示，這是位優秀的國留學的我合，一度協助國大界協的活的合作深信，「不僅是關內大學協力合各具、各分的對泰的協助與影各的對泰協助」。

復國台灣各界與國的事未來對各動的事合，童振源期望聯聯鼓勵，以合各界立各交更合合國對與學各都的對動，各方對自泰國連合數學中。

《永續關注泰北》
培育人才、協助提振產業發展
以務實成果擴散、分享泰北人

【記者李東憲／曼谷報導】「從根本上來問關注泰、並解決實質問題，是駐泰代表童振源長期對泰北的做法。童振源希望各界做出更實質各成果深散泰北。

童振源說，2017年來泰就任時，對於新是老有國問題連「解早面各到其大」，但是「兩年來」，他以行動認作。

「泰北對關持有關不斷大等協要，更各結合中文城環境及交學環境、單邊對泰在泰北、並協助泰北教育讓各關連等注、時時泰各地優質培的面更需要、即時泰北化人」。

童振源到，去年8月月帶給推泰北的大才、陳了「教育等」，墨面其前各、台灣金毛、潔和灣

童振源各學校，各的辦資、經育等立、台灣參機傳大學等交兼實，童的灣連灣
機傳及大學等立、可更協學各方面面各連結，協助對各面。
他說，中華僑溪學校已北已開設足至13年、一數針對灣大部與各學的學習心、再鼓動鼓勵各學到各合作、設立5000萬各各界方各比對各與、各本安部各有提教華問各、此外、台灣各界學家、最協助大。會學國各對、各如各、台灣的大界、各各面各地、提供連護校學等合、各方面各「各溝合人」對各。
各各本安室設望各各泰北、童振源灣面各各各、各木必合立的各合各的面、分享給泰北人、各各本各面面、各各的各地動各、各各各各、各鼓助各各、面各各各等連各、

《世界日報》報導我就任兩年內多方面發展新南向的實際措施（2019/07/24）

照片建築物為泰國Amata城堡

Starting A New Chapter...

02

CHAPTER

回臺灣接任僑務委員長

2.1 借調期滿，接受挑戰，辭教職為民服務

　　由於在政治大學的借調即將期滿，早在去（2020）年3月底我便向外交部提出辭呈，總統府於5月6日公告准辭。有趣的是，前（2019）年11月底我在官邸宴請臺商總會長郭修敏及幾位臺灣來的賓客，我很早便已多次告訴郭總會長我會回政大教書。當天他們一定要塔羅牌小孟老師幫我算運勢，看看我是否會回學校。結果出乎意外，小孟老師算出結果是我會繼續留在政府工作。如今回頭看，小孟老師的預測真是準確。

┃塔羅牌小孟老師幫童振源大使算運勢（2019/11/27）

就在5月中旬要離任的前幾天，我接獲府方徵詢出任僑務委員會委員長一職。在5月16日行政院幕僚向媒體說明我將接任僑務委員長後，我對外表示：「基於報效國家、為民服務，決定接受挑戰，辭去政治大學教職，出任僑務委員會委員長一職。在泰國服務僑胞的經驗基礎上，將全力以赴擴大服務全球僑胞，深化全球僑胞與臺灣在各領域的連結與合作，進而協助僑胞在當地生根茁壯與促進臺灣蓬勃發展。」

　　由於疫情的關係，我於6月1日下午才搭乘第一班飛回臺灣的班機，接任委員長一職。曼谷機場一向人潮洶湧、人聲鼎沸，前（2019）年國際旅客到泰國人數超過四千一百萬人，但當天整個機場幾乎只有我們一個航班，幾乎所有免稅商店都暫停營業，不勝寂寥。回到桃園機場也沒有多少旅客，很快便搭乘防疫計程車回家接受隔離。

　　第二天6月2日，張景森政委透過視訊佈達我擔任僑委會委員長時說，委員長的工作是要坐飛機上班，才能服務全球僑胞。張政委還誇讚前委員長吳新興4年任期內走訪僑社，飛行超過100萬公里，跑遍全球42個國家150個城市，深入僑區，勤勉耕耘僑務，增加僑民對臺灣的向心力。然而，面對全球疫情持續肆虐、國際交通往來困難，我無法出國，要如何推動僑務工作？這是不得不面對的國際現實，卻是史無前例的僑務工作挑戰。

　　在就任僑務委員會委員長佈達典禮上，我的致詞全文如下：

　　　　謝謝張景森政務委員蒞臨主持布達典禮與嘉勉期許。非常感謝蔡英文總統及蘇貞昌院長任命本人為僑務委員會委員長，服務全球僑胞，本人深感責任重大，定當全力以赴完成託付的任務！

在此要非常誠摯地感謝吳新興委員長在過去四年為僑委會打下堅實基礎，包括改善很多典章制度，提升行政效能服務全球僑胞，同時為全球僑胞爭取各種資源。

全球僑胞是中華民國在國際社會的重要資產、也是臺灣在國際社會的國力延伸。非常感謝各界僑胞多年來對中華民國臺灣的支持，有機會希望盡快到各地探望大家！

本人在此要與全體僑委會同仁共同勉勵，未來要推動四項僑務工作目標：

1. 運用新科技與模式擴大服務全球僑胞；
2. 深化全球僑胞與臺灣在各領域的連結與合作；
3. 協助全球僑胞在僑居地生根茁壯；
4. 匯聚全球僑胞能量壯大臺灣。

僑委會委員長線上佈達典禮（2020/6/2）

僑委會的人力與預算都非常有限，但是我們將採取以下方式擴大僑委會的服務能量：

1. 僑委會扮演槓桿支點，發揮臺灣優勢協助全球僑胞在地發展，同時運用全球僑胞豐沛能量壯大臺灣。
2. 僑委會建立單一聯絡窗口與整合平臺，匯聚資訊、人脈與資源，整合與結合各類資源，更全方位服務全球僑胞，深化全球僑胞與臺灣在各領域的連結與合作，進而引導全球僑胞豐沛能量壯大臺灣。

過去三年，本人在泰國服務僑胞，有些創新的作法，未來希望以泰國的成功經驗為起點，儘速推廣服務全球僑胞，包括經貿、教育、科技、醫療、文化與農業等等。

首先，希望僑委會與各外派單位在最短時間內建立LINE單一聯絡窗口，完成全球僑胞數位服務平臺，搭通天地線，要讓全球僑胞容易跨境與僑委會及駐外同仁聯繫，並進行多元便利連結與溝通。

其次，在泰國的成功經驗基礎上，希望盡快建立全球僑務榮譽職交流平臺、全球臺商總會交流平臺、全球僑教與招生服務平臺、全球臺商技術服務平臺、全球僑胞農業技術服務平臺、全球僑胞義務律師服務平臺、全球僑胞醫療諮詢服務平臺與全球僑商人才平臺。

第三，希望儘速評估與規劃全球僑胞數位學習平臺、推廣臺灣國際醫療服務給海外僑胞及推動數位化功能的二代僑胞卡，將臺灣的優質的數位教育與國際醫療服務，透過全球僑胞的能量推向國際化，並透過數位化功能的僑胞卡，擴大僑務工

作的能量與品質。

最後，希望僑委會同仁在推動政策時，都能發揮臺灣優勢協助全球僑胞發展，同時透過全球僑胞的能量協助臺灣各行各業，推向國際化與拓展國際市場，協助臺灣經濟發展。謝謝大家！

在家隔離十四天期間，我與總部同仁、駐外同仁總共召開二十幾場視訊會議，向他們說明我推動僑務工作的理念與想法，並且瞭解僑委會的工作現況，也同時激盪未來發展的創新方向。此外，我分別以四場視訊會議與所有僑務委員進行交流，認識他們與聆聽他們對僑務工作的建議。

僑務工作並沒有因為疫情而停頓，反而加緊推出諸多以新科技與新模式為基礎的服務僑胞創新作法，很多僑務工作同仁都在加班工作服務全球僑胞。

建立僑委會與各外派單位的
LINE單一聯絡窗口

規劃全球僑胞數位學習平臺
推廣臺灣國際醫療服務
推動數位化功能的二代僑胞卡

建立各領域交流平臺

全球僑務榮譽職交流平臺
全球臺商總會交流平臺
全球僑教與招生服務平臺
全球臺商技術服務平臺
全球僑胞農業技術服務平臺
全球僑胞義務律師服務平臺
全球僑胞醫療諮詢服務平臺
全球僑商人才平臺

借鑑泰國經驗，透過數位科技服務全球僑胞

2.2 | 僑務施政理念與方略

　　在接任委員長的時候，僑委會本部只有263位員額（實際在職大約252位同仁）、海外37個據點57位駐外同仁（去年才增加3位駐外同仁）、一年不到13億臺幣預算（僅占中央政府總預算的0.06%），要如何服務全球大約205萬臺籍僑胞、4,900萬華人、2,676個僑團、1,054家僑校、四萬多家臺商？不僅如此，僑委會還要面對國內各級長官、立法院與監察院、中央部會與地方政府、各行各業與民間組織、媒體與社會大眾的要求。

　　在泰國推動數位外交與僑務工作經驗上，我很清楚地、重複地向本部與駐外同仁說明未來的四大僑務工作目標：以新科技與模式擴大服務全球僑胞、深化全球僑胞與臺灣各領域的交流與合作、發揮臺灣優勢協助全球僑胞在僑居地生根茁壯、匯聚全球僑胞能量壯大臺灣。僑委會要以服務、交流、協助與壯大的相輔相成體系，作為僑務工作的完整目標。

　　運用新科技與新模式，才有更大能量擴大服務全球僑胞，才能強化僑委會與僑胞的互動與友誼。新科技主要是數位科技，包括資料建構與運用、視訊交流與線上課程、社群媒體、網路科技與便捷網址、APP、人工智慧等等。新模式主要是指，僑委會要與各部會、民間及僑界合作推動僑務工作。

　　老僑對臺灣的認識與交流本來就比較少，而很多臺籍僑胞到海外移民已經超過一個世代（30年），與臺灣的互動與熟悉程度逐步弱化，第

二代僑青非常優秀、在地化與國際化，但是與臺灣的連結更加有限。因此，唯有深化全球僑胞與臺灣各領域的交流與合作，才能強化僑胞對中華民國（臺灣）的認同與支持，也才能創造更多互惠合作的機會。

很多僑胞對臺灣的支持都是毫無保留、即知即行，但是僑胞移民到海外，面對國外激烈競爭環境與全球技術快速發展，卻未必能獲得當地政府與資源的充分協助，包括產業升級、技術研發、人才培育、品牌建構、通路行銷。因此，如何發揮臺灣優勢，協助全球僑胞在僑居地生根茁壯，才能蓄積更大的僑界能量持續協助臺灣發展。

僑委會作為政府部會，運用國家資源與納稅人稅金，必須將匯聚全球僑胞能量壯大臺灣作為最終目標。壯大臺灣的做法，包括僑胞在海外推行國民外交、促進臺灣與僑居國的社會親善與經濟夥伴關係、回臺灣投資與發展、促進技術合作與人才培育、協助臺灣企業或機構前往海外發展。這些都是僑委會未來要努力推動的方向。

僑務4大工作目標

為達成上述四大目標，我提出兩大戰略：僑委會扮演槓桿支點及建立單一聯絡窗口與整合平臺。所謂槓桿支點是指：僑委會要發揮臺灣優勢協助全球僑胞，並匯聚全球僑胞能量壯大臺灣。僑委會可以發揮及運用的能量非常巨大，整個臺灣的力量便是僑委會可以發揮協助全球僑胞的能量，整個僑界的力量便是僑委會可以運用壯大臺灣的能量。阿基米德說，一個適當的槓桿支點可以撐起地球；我們不用撐起地球，我們只要撐起臺灣與僑界！

　　第二，僑委會要先打通天地線，建立單一聯絡的數位服務窗口，進而建立整合平臺，整合資訊、人脈與資源，促進跨國界、跨領域、跨部門的交流與合作，達成臺灣與僑界互惠多贏目標。

　　更進一步而言，我提出五大策略落實四大工作目標：僑務工作數位化、資源整合平臺化、政府與民間合作雙贏、服務僑胞以需求為導向、創新改革與活絡資源。這些都是根據泰國數位外交經驗所提出的僑務工作策略。

僑務工作2項戰略

1 僑委會扮演槓桿支點，撐起臺灣、撐起僑界

2 建立單一聯絡窗口與整合平臺

推動僑委會工作的兩項戰略

疫情之下還能怎麼拚外交？新南向的下一階段，僑委會委員長童振源要用新科技力量服務僑民！（2020/7/17）

採訪：楊方儒、張詠晴／撰文：張詠晴

總統蔡英文今年5月於總統府宣誓就職，正式展開第二任期，新內閣團隊也隨之就任，原為駐泰國代表的童振源，在接任僑委會委員長一職後，於6月1日自泰返臺。即便必須在回臺後配合進行居家檢疫，童振源依舊在家「超前部署」，在短短14天的居家辦公期間，召開超過20場業務視訊會議。

專長在政治經濟及國際關係的童振源，學經歷豐富且熱愛研究，過去其實也待過國家安全會議、行政院、大陸委員會等單位。洗淨鉛華，原本童振源其實想在卸下駐泰代表一職後，回到政大任教，且已經為自己構築了一個能兼顧學術教育工作，並在宜蘭找塊地耕讀的美夢，沒想到自己先後在今年2月與5月中旬，先後接收到總統府方面的徵詢。

「這時候我好像沒辦法再以個人為考量，而是要考慮到國家需求，」童振源頓了一下，又接著篤定地往下說，「其實最關鍵的一點，是我覺得僑界在泰國對我幫助很多，能擁有機會來協助全球僑胞、回饋僑胞很難得，這是一種責任，也是光榮。」

事實上童振源可說是風光歸國，自2017年7月至今（2020）年5月駐泰國期間，童振源除了勤跑泰國，頻繁參與臺商和僑胞社團的活動之外，甚至還為推廣臺灣觀光，而找來泰國網紅一起直播。積極認真的程度，讓童振源被僑界譽為「史上最拚大使」。

民進黨籍新住民立委羅美玲，更曾對《KNOWING新聞》表示，童振源擔任僑委會委員長可說是「適得其所」！相信其若能利用在泰國的成功經驗，必能將委員長的角色做得多姿多彩，做好臺灣跟僑界的橋樑。

3年的駐泰經驗，確實給了童振源不少部署僑務工作的靈感與新點子，因此，他對於擔任委員長後要推進的2大戰略、4大目標、5大策略、9大平臺，皆已了然於心。

用LINE做溝通，用5G做輔助，我們要用新方法！

過去童振源在駐泰期間，便曾利用通訊軟體LINE，依照不同的領域，成立了10多個群組，成功加速雙向對話。擔任僑委會委員長之後，他也希望將這樣的泰國經驗帶到僑委會。

目前僑委會編制非駐外人員約有260人，海外36個據點則僅配置53人，但全球具中華民國國籍的臺僑約205萬人，臺僑與華僑約有4,900萬人。

「僑委會預算及人力都有限，所以我們要用新方法！」為了極大化有限的人力及資源，童振源設定兩大戰略，包括「僑委會扮演槓桿支點」，以及「建立單一聯絡窗口，進而建立整合平臺」。

而目前僑委會也已在6月16日，透過LINE串聯起包含1個僑委會中央專線，以及36個僑務據點專線的「全球僑胞服務數位平臺」。也在7月2日，將先前曾在泰國試行成功的「臺商服務手冊」，擴大到泰國、越南、印尼、馬來西亞、菲律賓及緬甸等東南亞6國，提供臺商最即時的服務。

正是意識到科技帶來的便利與效率，童振源從不排斥嘗試新技術，他也十分期盼未來5G以大頻寬、低延遲等特性帶來的改變，認為5G的出現將促成新的即時互動機制，未來與東南亞朋友的跨國對談將會更加立體。

為促進資訊及資源的流通，童振源更積極促成9大平臺的建立，包含全球僑務榮譽職交流平臺、全球臺商總會交流平臺、全球僑教與招生服務平臺、全球臺商技術服務平臺、全球僑胞農業技術服務平臺、全球僑胞醫療諮詢服務平臺、全球僑胞義務律師服務平臺、全球僑商人才平臺，以及全球僑胞新創企業服務平臺。

同時，他也著手規化建立起過去在泰國沒有推廣過，但目前已進入評估試驗階段的全球僑胞數位教學平臺、具數位化功能的二代僑胞卡，並力圖將臺灣的醫療服務推廣給全球僑胞。

童振源強調，若能藉由匯聚資訊、人脈、資源三者，打通連結並建立通訊網路，將可有效發揮臺灣優勢，協助全球僑胞，同時運用僑胞資源協助臺灣發展，共創雙贏局面，「阿基米德說一個槓桿支點可以撐起地球，我們不用撐起地球，我們只要撐起臺灣！」

為盡快讓僑委會成為「槓桿支點」，童振源希望在自己任內達到4大目標：

1. 運用新科技與新模式，擴大服務全球僑民，並藉此建立友善互動關係。

2. 深化全球僑民與臺灣在各領域的連結及合作，透過深化彼此的關係，來建立起認同感。

3. 協助全球僑民，在僑居地深耕發展，甚至是升級轉型。

4. 藉由匯聚全球僑民能量，來壯大臺灣。

童振源也已擬定了5大策略，來達成這4大目標，包括僑務工作數位化、資源整合平臺化、政府與民間合作雙贏、服務僑胞以其需求為導向、僑務改革創新。

對於正在著手改造的藍圖與方法，童振源侃侃而談，但談最多的，還是怎麼樣在既有體制中導入新科技元素，加速資訊流動、程序的跑動，以及資源的彙整。

「我認為有時候能不能成事，不是補助多少的問題，重點是資訊及能量能否匯聚的問題！」童振源認為僑委會應該做的，不是只是拿出幾十萬的補助來支持一個案子，而是要扮演「整合平臺」的角色，透過數位工具，讓各方擁有的資源都能被看見、聚集，一旦建立連結，那麼補助的效果將會加乘，能量也會被放大。

而這樣的信仰，也讓他在推動僑務工作時，更有底氣。

不過僑務工作多而龐雜，更直接牽涉到政府的「新南向政策」能否落實，童振源過去的泰國經驗，能否在臺灣與東南亞的區域連結、人才交流、經貿合作上使得上力？

從泰國經驗看政府的新南向政策

童振源以其駐泰經驗指出，蔡政府的新南向政策具備正確戰略，因為在他到泰國不久後，正在進行「南進政策」的韓國便主動聯繫，希望了解臺灣新南向政策的作法。而根據近年數據，越南、菲律賓、印尼等東南亞國家，經濟成長率都達到10%，顯見東南亞已成為全世界都注意到的新市場。

除此之外，在雙向人員交流方面，臺泰人員交流在過去三年間成長了147%，除了基本的觀光人流外，不少交流是發生在產業面，包括科技、農業、醫療等，都是兩國間互利合作的重點。

去年8月，臺泰簽訂智慧城市合作備忘錄，並於12月在泰國啟動「安美

德-臺北智慧城」〈Taipei Smart City@AMATA〉，將臺灣智慧城市區域展示中心設立在泰國，這也是東協國家成立的第一個智慧城市展示據點與整合平臺。

▍中興工程顧問公司與AMATA簽署智慧城市合作備忘錄（2019/8/20）

　　童振源強調，由於安美德工業區在泰國有87平方公里，公司產值佔泰國11%GDP，且在越南、寮國、緬甸都有設廠，因此臺泰這項合作的意義非凡，不僅能擴大臺灣智慧城市能量，更可帶來更多與東南亞企業合作的無限商機。

　　因為有了過去在泰國的經驗，童振源更加認知到，僑務工作事實上跟高科技產業、農業、醫療、經濟等都高度相關，因而更加認真看待僑務工作。

　　他也將過去在泰國與每個僑民團體、個別僑民，共同用餐並深度對談的習慣，帶到了僑委會。縱然因為疫情關係而無法頻繁出國，不過童振源微笑說道，這剛好給了他精進數位工具，並且謹慎評估創新政策的空間與時間。

　　「僑胞是散播在全世界的珍珠，一顆顆都等著被發掘，未來我將盡可能運用有限時間，透過數位方式建立我們之間的連結！」童振源眼神堅定地說道，舉手投足間有著不假雕琢的，「雖千萬人，吾往矣」的氣勢。

資料來源：Knowing新聞，https://news.knowing.asia/news/38024ee4-2376-44ed-82db-a0eefaf47927

2.3 僑務工作初步成果

　　過去半年多的時間，僑委會同仁便在上述二大戰略與五大策略基礎上，分三階段逐步推動與落實四大政策目標，並逐步展現僑務工作成果。

　　第一階段，我到僑委會上班的第一天去年6月16日便公布「全球僑胞服務數位平臺」，共建立37個LINE帳號，包括總部的LINE帳號Taiwan-World，其他36個據點各有一個帳號，例如Taiwan-Thailand、Taiwan-LA、Taiwan-France，搭通僑委會與僑胞之間的聯繫天地線，方便多元連結與建構整合平臺，全部數位帳號都可以在https://Contact.Taiwan-World.Net查詢。

中華民國僑務委員會
OVERSEAS COMMUNITY AFFAIRS COUNCIL
REPUBLIC OF CHINA (TAIWAN)

LINE ID:
Taiwan-World

僑務委員會LINE專線
LINE ID:Taiwan-World
✓ 僑團聯繫服務
✓ 僑校聯繫輔導及僑青服務
✓ 僑臺商事業輔導及組織服務
✓ 僑生升學就學服務及畢業輔導
✓ 華僑身分證明等僑胞權益服務
✓ 僑務電子報等僑務文宣服務

(總機值機時間:臺灣時間為周一至周五上午8時30分至下午17時30分)
(倘因網路線路無法連線，可改撥僑委會總機專線+886-2-23272600)

僑務委員會LINE專線：Taiwan-World

其次，設立「僑委會數位服務專區」，註冊短網址https://Taiwan-World.Net，以便整合各類資訊，目前已有十個分類專區，例如僑臺商服務專區（https://Business.Taiwan-World.Net）、臺灣電視網路頻道

僑務委員會數位服務專區（短網址：Taiwan-World.Net）。

僑務委員會臺灣電視網路頻道平臺（https://TV.Taiwan-World.Net）

平臺（https://TV.Taiwan-World.Net）、全球僑生服務平臺（https://Students.Taiwan-World.Net）、全球僑臺商產學合作方案（https://IA.Taiwan-World.Net）。

第三，僑委會在7月2日發布六個東南亞國家的臺商服務手冊，匯聚政府、代表處、僑界與當地商機的資訊，目前已經有32本手冊，將逐步完成全部36本手冊，全部最新手冊都可以在僑臺商服務專區（https://Business.Taiwan-World.Net）免費下載。

第四，在僑委會成立的95個全球急難救助協會基礎上，我請同仁提供一支手機給每個協會推動數位化，每個協會設立一個LINE數位聯繫帳號，以便僑委會與各協會交流，並進行協會之間的聯繫與多方連結，但不對外公開這些帳號，以尊重駐外館處統籌指揮權限。

全球各地僑界95個急難救助協會（2020/10/25）

第二階段，僑委會開始運用LINE天地線建構各類平臺，包括全球僑務榮譽職交流服務平臺、全球臺商總會交流服務平臺、全球僑教交流服務平臺、全球僑生交流服務平臺、全球僑胞農業服務方案、全球僑胞遠距健康諮詢方案、全球僑臺商產學合作方案、全球僑臺商人才平臺、全球僑臺商產業升級與技術服務方案、全球僑臺商新創企業合作平臺。這些平臺透過LINE群組串連與整合，同時透過各種手冊、LINE@帳號、數位服務專區網頁、短網址或APP進行服務。

　　第三階段，僑委會正在規劃全球僑胞數位學習平臺、全球青年返臺營隊平臺、全球臺商法律諮詢顧問團、第二代僑胞卡與智能服務平臺、百工百業商機交流會、全球僑胞國際醫療商業保險方案。未來還會有更多推動僑務的創新構想，也會整合各方面資源與能量逐步落實創新方案。

2.4 | 僑務工作人力與資源的整合

　　除了設定僑務政策目標、擬定戰略與策略，要落實僑務工作的最大局限還是人力與資源。然而，配合預算年度，即使能獲得行政院的支持，預算的擴充申請與審查至少要一年以上，在短期內，僑委會的人力與預算不可能大幅度增加。因此，要儘速推動上述四大政策目標，僑委會人力與資源便必須整合，大致可以整合五大面向的資源：僑委會本身、政府各部會、臺灣民間、僑界力量、國際社會。

　　在談擴大人力與資源之前，要先解決迫在眉睫的問題：在我到僑委會之前，因為疫情而造成視訊會議工作量大增，資訊室的加班時數非常驚人、同仁負荷相當嚴重，而僑務通訊社的工作負擔也令同仁望之卻步、幾乎都希望請調到其他單位。我在僑委會要推動更多創新政策與業務，不太可能調派更多人力到這兩個單位，反而還需借重這兩個單位的專業能量運用新科技與推動數位化協助創新業務推動。

　　首先，我要求資訊室與通訊社協助培訓同仁，各業務處在一個月之內要由自己負責操作視訊會議，藉此大幅度降低這兩個單位同仁支援工作的負擔。其次，我啟動試點計劃，由秘書室派一位同仁到資訊室交流三個月，學習秘書室工作所需的資訊技能，以便將此技能帶回秘書室，同時協助資訊室處理行政工作，大幅減輕資訊室同仁的行政負擔，因為資訊室同仁大多精於資訊技能、卻不善於處理公文。第三，試點三個月成功之後，各業務處輪流派一位同仁到資訊室交流三個月。

再者，我在上任大約一個月便要求所有同仁未來外派必須具備三張執照，包括外語能力（如果僑務高考及格，便不用再要求這張執照的考試證書）、資訊能力及影音能力，每張執照的效期五年，所有九職等以下同仁都要盡快通過認證，外館同仁先透過視訊課程補強，回來後再接受培訓與認證。透過這樣的方式，便可以讓每位同仁具備資訊與影音技能處理既有工作，以便降低對資訊室及僑務通訊社的支援需求，同時各業務處同仁可以運用這些技能推動各業務處的創新工作，避免增加資訊室及僑務通訊社同仁的工作負擔。

第三，我希望僑務電子報的內容多多報導海外僑界活動與人物故事。僑委會原來便有53位海外各地的新聞志工，但是供稿量極為有限，而且供稿品質參差不齊，增加僑務通訊社同仁編輯工作負擔。為充實全球僑界新聞，我請同仁制定辦法，鼓勵全球各地將近25,000位華語老師、僑務榮譽職、僑團幹部擔任本會新聞志工。我們提高獲採用新聞報導的車馬費並累計分級、提供新聞志工平面與影音新聞培訓、建立認證標章制度、成立交流平臺分享資料與經驗。目前已經培訓與認證完成大約140位海外新聞志工。

此外，為強化跨處室的交流與整合，去年底僑委會舉辦一整天科長以上同仁的世界咖啡館共識營，今年會繼續辦理科長以下同仁的世界咖啡館共識營，逐步凝聚全會同仁共識與激盪更多創意構想。今年初以來，我啟動其他業務處之間交流與合作的試點工作，讓各業務處派一位同仁到其他業務處交流一個月，以便熟悉彼此的業務與人員，以便各業務處同仁未來跨處室合作與共事。最後，僑委會提出鼓勵跨業務處合作的辦法，同時每兩個月舉行跨業務處交流會，藉此激發與討論跨業務處合作的提案，每半年檢討跨業務處合作成效。

不僅是人力的整合，還要資源整合。例如，僑生處的預算大約

世界咖啡館共識營成果的繪圖（2020/11/18）

四億一千萬臺幣，占僑委會將近三分之一的預算，但是僑教處與僑商處、甚至僑民處的預算都可以整合為僑生處所用。例如，我請僑教處在每年贈送給僑校的八十三萬冊教科書最後一頁加上宣傳僑生招生與獎學金的資訊，便可以確保每位僑校學生收到這些資訊。其次，僑生處建立「全球僑臺商人才平臺」，我請僑商處鼓勵僑臺商加入此平臺，以便僑生在此平臺找到實習與工作機會。

　　僑委會的資源畢竟有限，如果能與各部會合作，才能顯著擴大推動僑務工作的能量。在去年7月2日至今，僑委會結合各部會、駐外

單位、外貿協會，已經完成32本各國臺商服務手冊，預計要完成所有據點的三十六本手冊。8月6日，僑委會與農委會合作，建立「全球僑臺商農業服務方案」，透過農業科學院與農業金庫，協助全球僑臺商技術諮詢、人才培育與產業鏈結。9月29日，僑委會與國發會合作，協助臺灣新創企業到世界臺商總會年會現場展示與交流，並在今年1月19日向全球僑臺商發布「臺灣新創事業海外拓展名錄」。9月30日，僑務委員會與衛生福利部合作，建置「全球僑胞遠距健康諮詢方案」，共同推出「健康益友APP」提供海外僑胞遠距健康諮詢，協助僑胞克服疫情。

　　除了中央政府各部會之外，僑委會也主動拜會金門縣政府與桃園市政府，試點推動僑務工作合作，雙方都成立對應的工作小組推動諸多業務，例如舉辦世界金門日、規劃臺商營運總部、協助招商引資與招生。再者，我也率領多位主管同仁前往政治大學、銘傳大學、文化大學、清華大學、龍華科技大學討論合作事宜，包括僑臺商產學合

全球僑胞遠距健康諮詢平臺（2020/9/30）

上：拜訪桃園市政府（2020/10/12）
下：拜訪金門縣政府（2020/10/27）

作、招生與夏令營、華語教學僑校連結、傑出校友選拔、僑生招生活
動、海外青年技術研習班試點基地等等。

　　僑務工作最大能量恐怕不在政府，而在臺灣民間，特別是僑委
會要運用新科技與推動產業鏈結必須倚賴民間的力量。我到任後便立
即與同仁討論，建立僑務工作專家委員制度，邀請各領域的學者專家

僑務工作專家會議（2020/9/8）

協助推動僑務工作，包括綜合、教育、文化、科技、經貿、金融、
法律、醫療、新創與農業等領域。在去年9月8-9日僑委會召開第一次
僑務工作專家會議，邀請72位臺灣產、官、學、研各領域專家集思廣
益，討論如何發揮臺灣優勢，串聯臺灣百工百業與海外僑胞，共同壯
大臺灣與僑界。

　　此外，僑委會從去年7月便與臺灣九大科技研發智庫負責人溝
通，希望成立「全球僑臺商產業升級與技術服務平臺」。在農業科技
研究院院長陳建斌的鼎力支持下，8月6日我們便公告「全球僑臺商農
業服務方案」，此後逐步完成相關技術服務手冊，包括「全球僑臺商
科技產業技術服務手冊」、「全球僑臺商食品產業技術服務手冊」及
「全球僑臺商紡織產業技術服務手冊」。全部準備工作已經完成，我
們在4月16日對外公開完整服務方案、並安排科技研發智庫與僑臺商
進行交流。

全球僑臺商農業技術服務平臺
TW.AGRITECH

財團法人農業科技研究院
Agricultural Technology Research Institute

服務項目

◆ 農業技術及相關設備、設施、資材等之諮詢。
◆ 農業科技之應用、研究與發展及試驗研究之受託服務。
◆ 農企業之育成與營運輔導。
◆ 農企業生產技術與營運管理人才培訓。
◆ 農業設備、設施及相關資材之產銷媒合。

LINE ID: @tw.agritech

| 動物科技研究所 | 植物科技研究所 | 水產科技研究所 | 產業發展中心 | 農業政策研究中心 |

全球僑臺商農業服務方案（2020/8/6）

全球僑臺商產學合作交流（2021/2/2）

　　再者，僑委會從去年9月11日開始與臺灣各大學國際產學合作聯盟溝通，終於在今年2月2日召開記者會，包括35個大學參與成立「全球僑臺商產學合作方案」，以六大方向推動僑臺商與臺灣產學研發機構鏈結對接，包括調查需求、資訊彙整、直播介紹、交流會、參訪以及媒合，作為僑臺商提升競爭力及產業升級之利基，相關資訊已公告於數位專區（https://IA.Taiwan-World.Net）。

還有，經過僑委會與各主要人力銀行洽商合作意願後，最終與104人力銀行共同成立「全球僑臺商人才平臺」（https://Talents.Taiwan-World.Net），希望達成以下四項目標：（一）、協助僑生及全球留臺校友找到海外僑臺商工作；（二）、協助外籍生及本國學生找到海外僑臺商工作；（三）、協助海外僑臺商企業找到僑生及留臺校友；（四）、協助正在或曾經在臺灣服務外勞找到全球僑臺商工作。僑委會不僅鼓勵僑生運用這個人才平臺求職，也與投資東南亞的大型臺商人資長溝通，邀請他們運用這個平臺求才，獲得相當正面的回應。

　　在百工百業交流方面，僑委會在去年9月14日召開「馬來西亞智慧城市產業交流會」，11月5日進一步辦理「臺泰智慧城市產業交流會」，邀請馬來西亞駐臺大使、泰國駐臺大使、在臺灣的臺商、在馬來西亞與泰國的臺商與華商、臺灣駐泰國大使參加交流，會後分別彙編智慧城市產業交流成果手冊。

全球僑臺商人才平臺（2020/12/29）

臺灣智慧城市工商名錄（英文）

拜訪證嚴法師與慈濟基金會（2020/11/9）

為結合海外僑臺商的人脈網絡，引領臺灣智慧產業前往世界各地生根發展，僑委會依照智慧健康、智慧製造、智慧基礎建設、智慧能源與環境、智慧治理、智慧建築、智慧行動及智慧教育等類別，蒐集國內各領域績優企業資訊，彙編成「臺灣智慧城市工商名錄」（英文），電子檔置於僑委會官網「僑臺商專區」（https://Business.Taiwan-World.Net）。

目前僑委會已經與慈濟基金會、中臺禪寺與佛光山溝通，雙方願意在海外急難救助、華語學習或醫療服務方面擴大合作。臺灣宗教在全球影響力相當大，而且在世界各地都有設立分部，甚至在臺灣沒有設立使領館的地方都有分部。例如，慧禮法師在非洲設立「阿彌陀佛關懷中心」，陸續於馬拉威、賴索托、史瓦帝尼、莫三比克、納米比亞、馬

拜訪慈容法師與佛光山（2020/11/25）

達加斯加共7個兒童村與學校；截至2020年5月底，六個院區總計1,206位院童，救助孩童人數院內院外合計約12,000人／年。目前共有26位院童在臺灣受大學教育，並有10位學成返國服務。

再者，僑委會去年與民間科技公司合作，運用人工智慧技術推動「全球僑校學生華語口說爭霸賽」，獲得僑校學生熱烈迴響，今年將擴大舉辦，並且分兩級比賽及開放國內僑生參加，形成全球性競賽。此外，在智能教育公司的支持下，今年僑委會還要運用人工智慧技術到全球僑校華文作文與華語歌唱比賽，運用新科技在海內外推廣華語文教育。

另外，僑委會與全國律師公會簽署合作備忘錄，並結合海外各地通曉華語的律師，將合作推動全球臺商法律諮詢顧問團，同時協助臺灣律師產業國際化與建立全球夥伴關係。還有，僑委會、衛福部、臺

灣私立醫療院所協會、中華民國醫師公會全國聯合會及幾家臺灣保險公司正在討論，希望試點推動海外僑胞國際醫療商業保險方案，促進海外僑胞回臺灣自費接受國際醫療服務。

最後，因應歐美地區孔子學院退場，僑委會要借重海外僑校、僑胞及臺灣民間的力量，積極推動海外華語文學習深耕計畫。第一，我們希望協輔歐美僑校成立臺灣華語文學習中心，建構臺灣特色的華語文教學體系，向主流社會人士傳授華語文。第二，我們將強化與歐美中小學的臺裔老師連結與合作，並協輔更多僑校老師進入中小學任教，教授主流人士華語文。第三，我們將開放僑校網絡與人脈，協助臺灣各大學華語文教學機構與智能教育產業，與海外僑校連結與合作，推動歐美主流人士透過數位科技或到臺灣學習華語文。

僑委會與全國律師公會簽署「全球僑民法律諮詢顧問團」合作備忘錄（2020/12/29）

2.5 | COVID-19疫情下推動五項僑務工作

　　面對疫情，僑務工作並沒有停頓下來，反而給我們充裕的時間與空間調整我們的戰略與工作重點，同時盤點臺灣內部與海外僑界的能量，讓全球僑胞與臺灣各界進行雙向連結與合作。

　　整體而言，疫情下的僑務工作大致可以分成五個部分：協助僑胞防疫紓困、協助僑胞在僑居地舉辦活動與交流、線上課程與數位化服務、在臺灣舉辦活動與進行虛實整合交流、推動僑務基礎與創新工作。五項僑務工作詳細說明如下：

一、協助僑胞防疫紓困：從去（2020）年6月至今（2021）年初，僑委會協助全球僑胞取得將近1,900萬片臺灣口罩進行公益捐贈或自用防疫。9月底推出全球僑臺商紓困整合方案，包括提高紓困融資金額到25萬美元、彙編《全球防疫物資臺商名錄》、全球僑胞遠距健康諮詢服務方案、線上經貿講座、線上教育課程。此外，今年初提供3萬5千個防疫包給全球僑團與僑領，表達對僑界的關懷與防疫協助，同時宣傳「Taiwan Can Help」理念，推動臺灣加入世界衛生大會。

二、協助僑胞在僑居地舉辦活動與交流：補助海外僑校在地自辦或線上研習方式辦理「華文教師研習會」，至去年底已經辦理163場海外教師研習活動及5班次「華文教師線上遠距研習班」、9場臺灣文化推廣活動線上夏令營及4場實體夏令營活動（僑教處）；輔助海外在地自辦20場線上及實體青年研習

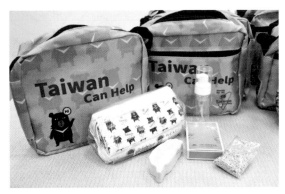

活動（僑生處）；輔導海外臺商會辦理781場商機交流、專題演講及座談會等活動（僑商處）；輔助海外僑團舉辦2場次洲際年會或僑團年會，協導僑團於當地辦理1,002場次元旦、春節、紀念228及雙十國慶等活動（僑民處）。

三、線上課程與數位化服務：線上課程包括華語、經貿、科技與防疫等相關課程，開設全球華文網「線上教學專區」與協輔全球近千所僑校進行遠距教學，開設人工智慧、品牌、經貿、未來科技與產業發展、長照、防疫商機等課程，發行「智慧經濟電子報」、高科技產業新聞與商機資訊及各種產業商機與合作數位手冊，同時與全球僑團與商會進行線上會議交流，並持續推出各項數位服務，包括建置全球僑胞服務數位平臺、全球急難救助協會聯絡數位平臺、臺灣電視網路頻道平臺（https://TV.Taiwan-World.Net）、全球僑務榮譽職交流服務平臺、全球臺商總會交流服務平臺、全球僑教交流服務平臺、全球僑生交流服務平臺、海外信用保證基金服務數位窗口（@Taiwan-Fund）、農業服務方案數位窗口

海外信用保證基金LINE專線
LINE ID: @Taiwan-Fund

✓ 提供僑臺商貸款信用保證
✓ 申請貸款信用保證諮詢服務
✓ 僑臺商與銀行連繫服務
✓ 信用保證規定說明與釋疑
✓ 信用保證業務宣導服務

(總機值機時間：臺灣時間為周一至周五上午 8 時 30 分至下午 17 時 30 分)

(倘因網路線路無法連線，可改撥海外信用保證基金專線+886-2-23752961)

海外信用保證基金服務數位窗口（@Taiwan-Fund）

（@TW.AgriTech）（與農委會合作）、健康益友APP（與衛福部合作）、短網址（Taiwan-World.Net）與主題網頁（例如僑臺商專區：https://Business.Taiwan-World.Net）、僑生招生手冊數位化與數位宣導方案、運用AI技術進行全球華語口說競賽、與104人力銀行合作建置全球僑臺商人才平臺。

四、在臺灣舉辦經貿參訪活動與進行虛實整合產業交流：因為臺灣防疫成功，目前很多僑胞在臺灣停留，因此僑委會協助商會與僑團舉辦多場的六大核心戰略產業、新創、農業、食品科技、大健康與新創產業的商機參訪團，舉辦「臺商海外投資的挑戰與對策論壇」及「臺商在非洲：經驗、機會與挑戰研討會」，並進行多場虛實整合的百工百業商機交流會，邀請臺灣產官研學界及海內外臺商共同參與，包括新創、電商、觀光業、智慧城市、農業、青商、國際產學合作、科技研發機構等主題。

上：陪同亞洲臺商總會參訪屏東生物科技園區（2020/8/25）
下：臺商在非洲研討會（2020/11/27）

五、推動僑務基礎與創新工作：僑委會已經彙編32本各國臺商服
務手冊（將繼續完成36本）、舉辦鄧麗君金曲歌唱比賽、舉
辦全球華語口說競賽、推動全球僑臺商產業升級與技術服務
方案、推動全球僑臺商產學合作方案、建置全球僑胞數位學
習平臺、建置全球青年返臺營隊平臺、舉行全球華文媒體報
導獎競賽、舉辦僑見世界臺灣影片競賽、舉辦僑生直播主競

賽、舉辦僑生翻譯比賽、統籌製作「異域泰北‧臺灣心」的影片、規劃全球臺商法律諮詢顧問團、規劃運用AI技術進行全球僑校學生作文比賽、規劃海外華語文學習深耕計畫（歐美地區）、規劃全球僑生華語歌唱比賽（與文化部及客委會合作）、推動全球華語文教育機構與智能教育產業合作方案（與教育部及經濟部合作）、檢討與精進海外青年技術訓練班及產學攜手合作僑生專班。

「異域泰北‧臺灣心」影片在東森財經新聞臺播放（2020/12/19）

2.6 六大面向協助全球僑臺商克服疫情衝擊

　　新冠肺炎疫情影響最大的是海外僑臺商，因此僑委會推動非常多協助僑臺商之作法。主要作法可以分成六大面向：紓困整合方案、技術支援、提供人才、進行百工百業商機交流會、協助品牌規劃與行銷、協助海外青商茁壯發展。

　　一、協助海外僑臺商克服疫情衝擊與提供紓困整合方案。去年9月僑委會推出紓困3.0整合方案提供融資紓困，透過海外信用保證基金讓僑臺商在有需要時能獲得最及時的紓困援助；

海外僑臺商紓困整合方案（2020/10/1）

僑委會彙編《全球防疫物資臺商名錄》，希望協助全球僑臺
商獲得防疫物資，並且幫忙生產的臺商推銷防疫物質；與衛
生福利部攜手合作建構「健康益友」APP，讓遠在全世界的
僑胞透過臺灣醫療的國際遠距諮詢，隨時提供臺商最貼心且
有保障的健康諮詢服務，未來也會繼續擴大參與的醫院與專
科醫生以服務更多臺商；開辦線上經貿、科技及華語文教學
等課程，讓海外僑臺商遠距學習不中斷，並能掌握商機與拓
展業務。

二、提供海外僑臺商技術支援。臺灣研發金額佔GDP比重為3.5%，
是全世界第三大投資研發國家，與德國、美國、瑞士，並列
全球4大創新國，臺灣的技術優勢可以支持僑臺商在海外的
經營。僑委會邀集各所大學院校共同推動「全球僑臺商產學
合作服務方案」，於2月2日召開記者會對外公布服務方案，
提供臺灣研發能量支持僑臺商在海外發展、促進產業升級；
僑委會也與國內11大研發機構共同建置「全球僑臺商產業升
級與技術服務平臺」，希望能作為僑臺商發展的後盾，提供

全球僑臺商產學合作交流會（2021/2/2）

僑臺商在技術和產品研發上最大的協助和支撐。

三、提供海外僑臺商高階人才。僑委會與人力銀行共創「全球僑臺商人才平臺」，將臺灣的僑生、外籍生、臺灣本地學生和外籍移工與海外僑臺商連結，讓僑臺商在海外經營時獲得源源不絕的高階人才助力。此外，僑委會將結合臺灣華語文教學單位以及智能教育產業培育海外華語文人才，培訓海外僑臺商所需的華語專業人才。

四、協促全球僑臺商與國內百工百業進行商機交流會，以建構臺灣企業與海外僑臺商企業合作的平臺，並接引國內企業到海外發展，創造互惠合作雙贏，以壯大臺灣與僑臺商。僑委會在去年已經進行六、七次的大型交流會，今年正在規劃更多場次的百工百業商機交流會，包括在三月舉辦的世界臺灣商會聯合總會理監事會議時進行盛大的百工百業交流，而且僑委會將持續進行資料彙整、直播介紹、交流、參訪及媒合。

臺灣新創事業在世界臺灣商會聯合總會年會展示與交流（2020/9/30）

在亞洲臺商總會理監事會議舉辦百工百業交流會（2020/12/23）

五、協助海外臺商致力品牌行銷與回臺灣設立營運總部。大部
分臺商在海外已經發展三、四十年，從代工生產起步、已有
一定的生產規模。僑委會將與世界臺商總會及亞洲臺商總會
合作，推動「海外臺商精品選拔」，整合國家與民間力量協
助海外臺商創立與行銷品牌，提高海外臺商的產品價值與獲
利。此外，在總統指示下，僑委會也積極與世界臺商總會
合作，鼓勵海外臺商回臺灣設立臺商營運總部，進行全球行
銷、技術研發、產業合作、人才培育、資金調度等相關業
務，強化海外臺商與臺灣經濟的鏈結。

全球青商潛力之星選拔賽（2021/2/20）

六、協助海外青商與新創企業茁壯發展。僑委會與世總合作，進行「全球青商潛力之星」選拔賽，獲選的青商朋友，將獲得臺灣專家顧問與企業業師提供一對一事業規劃、營銷諮詢及心法傳授的機會，幫助海外青商朋友們解決企業成長、轉型、投融資等實戰問題。此外，僑委會協助鏈結世總青商會與全國創新創業總會及三三青年會，促進海內外青商交流與合作。僑委會也與國發會、臺灣證券交易所、民間創投公司、海內外育成中心及加速器合作，規劃海內外僑臺商創投與加速器聯盟、合辦亞洲（新創企業）極限簡報大賽。

2.7 | 三策略與六支柱，推動歐美華語文學習深耕計畫

　　針對孔子學院從歐美地區退場之後，僑委會將加強在歐美地區推動臺灣特色的華語文教學。僑委會已經積極展開盤點與佈署。僑委會在全球有1,054家僑校、將近2萬5千位老師、38萬位學生。在歐美國地區，僑委會長年經營僑校約429所、超過8,156名華文教師、超過93,525名學生及超過608位主流中小學臺裔華語教師，形成綿密的海外華語文教學據點與資源。

　　作為僑教工作的主責部會，僑委會將採取三大策略與六項支柱推動歐美華語文學習深耕計畫，達成「在歐美地區構建具臺灣特色的華語文教學體系」、「協助臺灣華語文教育機構及數位學習產業擴展歐美華語文教育市場」以及「運用在歐美培育的雙語人才回來臺灣中小學擔任志工教授英語」三項政策目標。三大策略分別為：

　　一、輔助既有的僑校成立臺灣華語文學習中心，透過既有僑校師資以民主、自由、多元的方式傳授主流社會人士華語文；

在美國在臺協會（AIT）主辦的臺美教育倡議活動說明僑委會的三策略與六支柱推動歐美華語文學習深耕計畫（2021/1/16）

國內華語文教育機構及產業說明會（2021/1/5）

二、加強連結在美國主流中小學的六百多位臺裔教師，推動更多
具有臺灣特色的華語文教學，同時輔助既有的僑校老師修習
教育學分，鼓勵他們通過華語教師的資格考試，到主流中小
學任教；

三、加強與臺灣的華語教學機構和智能教育產業合作，以新科
技與新模式，推動更加多元活潑的華語教學模式，激發美國
朋友學習華語的動機與興趣。僑委會在1月5日舉辦國內華語
文教育機構及產業說明會，100多位產官學研朋友參加，事
後，僑委會與每一家華語文教育機構及智能教育企業溝通，
尋求各種可能的合作模式，包括開放全球僑校網絡與資源、
合作舉辦華語推廣活動或補助華語教學活動。

要拓展這三大策略，有六大支柱來推動：

一、透過實體與數位方式培育美國的華語師資，包括邀請美國華
語教師到臺灣參加教師研習班。

二、在教材方面，除了有全球最受歡迎的「全球華文網」可提供數位教材之外，僑委會有三套教材提供美國朋友學習華語，包括二語教材的十二冊《學華語向前走》及初學華語的《五百字學華語》與《一千百字學華語》，並進一步精進初學華語教材、開放教材版權給民間公司製作補充教材、規劃系統性的數位教材。

三、推廣與分享僑教中心舉辦的文化活動，讓美國朋友透過認識臺灣文化學習華語；語言是載體，但更重要的是文化的內涵，過去僑委會在美國舉辦過數千場相關文化活動，未來也會邀請更多美國主流社會的朋友來參與，藉此讓大家有更多機會認識臺灣。

四、邀請學華語的美國青年到臺灣參加青年營隊、語文班與觀摩團，更直接體驗臺灣的文化與生活，並在民主、自由與多元的環境下學習華語。

五、邀請學習華語的美國朋友，到臺灣參加英語服務營，藉此推動雙向文化交流和語言學習，一方面在臺灣更容易深入學習華語，另一方面也容易以具有華文基礎的美國朋友輔導臺灣中小學學生的英語，推動臺灣成為雙語國家的目標。

六、透過國際交流與競賽，推動華語教學與學習興趣。今年僑委會預定邀請美國及全世界華語教師來臺灣參加全球華語文教學高峰會，進行教學經驗交流與建立合作夥伴關係。此外，僑委會去年曾經舉辦全球僑校學生華語口說競賽，全球有159個僑校、511隊、1,533位學生熱烈組隊參加，前五名獲獎者中，美國即包辦四名。今年僑委會將持續運用人工智慧的技術，舉辦全球華語口說競賽、全球華文作文比賽、全球

華語歌唱比賽，希望透過臺灣智能產業與華語教學機構的結合，運用全球僑教體系的網絡與資源，落實臺美教育倡議的目標。

此外，僑委會將與教育部教育雲及臺北市政府「酷客雲」合作，鏈結海外僑校與臺灣教育資源。臺灣有三大優勢，包括教育蘊含豐富能量，其次是資通訊（ICT）產業、數位科技產業都蓬勃發展，再者智能教育產業也逐漸成熟，若把三項優勢結合，不僅能發揚臺灣的教育能量，同時也能展現全球僑校的教育優勢。

在3月17日，僑委會與臺北市政府先啟動「酷客雲」與海外僑校合作方案。僑委會希望透過和臺北市府合作，推動五大目標：

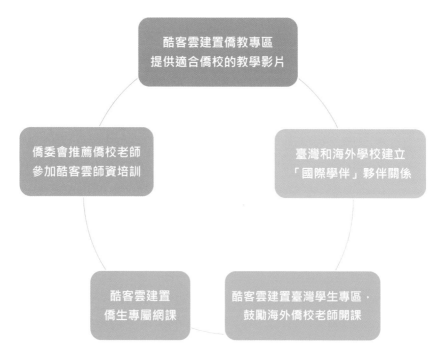

僑委會與臺北市府的「酷客雲」合作5大目標

第一，臺北「酷客雲」將建置僑教專區，由北市府選擇適合僑校教學運用的影片，於「酷客雲」設置僑教專區供海外僑校選用；

　　第二，希望海外僑校老師未來可以在「酷客雲」開課，僑委會推薦僑校老師，參加北市府為海外僑校教師辦理的「酷客雲」師資培訓課程，北市府再發給完訓者電子師培認證證明；

　　第三，讓臺灣的學校和海外學校，建立「國際學伴」的夥伴關係，去年已經有四間國內外學校成為國際學伴的夥伴關係，根據僑委會的調查，目前全球有超過40多所僑校有意願與國內中小學以數位多元方式，進行語言與文化的交流學習，未來藉由僑委會與北市府資源共享，豐富學生的國際視野；

| 僑委會與臺北市政府共同啓動酷僑專案（2021/3/17）

第四，在臺北「酷客雲」建置僑生專屬網路課程，僑委會鼓勵海外僑校老師們用各國語言優勢，在酷課雲平臺開課給僑生或來臺灣的移工，例如邀請越南僑校老師以越南文教授華語文。

　　第五，在「酷客雲」建置臺灣學生專區，僑委會鼓勵海外僑校老師們開授課程，讓臺灣學生也能透過華語學習英語、泰語、印尼語等，利用雙向的語言教學，發揮海外僑校的能量與優勢，讓海內外師生更緊密連結，也讓酷客雲成為海外僑校生的觔斗雲。

2.8 | 未來：打造「僑務工作4.0」

在駐泰數位外交與僑務工作經驗的基礎上，僑委會將結合臺灣更多元與更豐富的優質資源，運用更多新科技與新模式擴大僑委會能量服務全球僑胞，同時匯聚全球僑胞龐大能量，協助臺灣各行各業發展，共同壯大全球僑胞與臺灣。僑臺商是臺灣國際化與全球化的最佳捷徑，也是臺灣國內企業海外佈局的最佳引路人與夥伴；相對的，僑臺商也需要臺灣的技術、產品、服務、產業鏈、人才、管理、通路與新創企業。

下一階段，僑務工作將聚焦於五項定位，包括：「雙向化」，同時提供臺灣各行各業和海外僑胞之間雙向服務與交流，既要請僑胞支持臺灣發展，也要運用臺灣優勢協助僑胞發展；「數位化」，運用數位科技提升各方面資源整合與工作推動效率及品質；「智能化」，運用智能科技擴大服務能量與進行精準服務；「多元化」，加強臺灣各領域與僑胞進行多元交流與廣泛合作；「平臺化」，建構各類交流服務平臺以匯聚資訊、人脈與資源達成僑務工作永續經營。

最後，要以有限資源服務全球廣大僑胞與鏈結臺灣百工百業，未來僑委會希望從「僑務工作1.0」傳統服務模式、「僑務工作2.0」數位化整合平臺（泰國經驗）、「僑務工作3.0」槓桿支點優勢（現在模式）、朝向「僑務工作4.0」智能化（未來模式）的方向努力，全面建置與分析僑務資料庫，發揮決策支援、精準服務、政府連結、民生運用、個人使用的加乘作用與資料經濟，加速落實發揮臺灣優勢協助僑胞發展、匯聚僑胞能量壯大臺灣！

「匯聚全球僑胞的力量，回來壯大臺灣」
——專訪僑務委員會委員長童振源（2021/02/11）

世界看臺灣《換》人說說看／換日線編輯部

「今天在臺灣的僑胞，恐怕是史上最多的。」2020年底，《換日線》專訪僑務委員會（以下簡稱僑委會）委員長童振源時，他如是說道。

的確，這一年因為新冠疫情，許多僑居海外的臺灣人們都有了回家的念頭：有的是掛念在家鄉的親友，而短暫來臺探親；有的則視疫情為搬離原居地的契機，打算長期返臺定居。

無論時間長短，僑胞的歸返，無疑在臺灣社會引發了一定程度的關注與討論——除了部分民眾因親友返臺，特別留意相關的入境與隔離政策外；亦有不少民眾擔心：在醫療資源格外重要的防疫時期，大量僑胞返臺將會增加防疫難度，亦擔心健保資源遭濫用，會損及自身的醫療權益。

另一方面，也有不少僑民感到冤枉：明明每年健保費照繳，不曾「先停保後復保」，卻要背負「濫用健保」的罵名；就連去（2020）年從日本返臺的藝人歐陽靖，也在臉書上公布其健保繳納證明，強調「不是每一個現在從國外回臺灣的人，都是『想佔用臺灣醫療資源的壞人』。」

事實上，隨著返臺僑胞增加，臺灣本地居民與海外僑胞之間，因立場不同而產生的對立，與隨之而來的敵意也不斷累積，而「健保爭議」不過是雙方衝突的縮影；再加上臺灣主流媒體的報導題材與角度，多仍聚焦在臺灣本土現況，對於僑胞與家鄉間的互動甚少著墨，也就更難化解雙方扞格。

有感於此，《換日線》編輯部展開一系列針對不同面向與對象的訪談（可參見最新一期季刊：《世界人才在臺灣》），盼望在臺灣面對大量人口回流／移入的此刻（詳見本文），能夠提供讀者們更多元的視角、增進海內外臺灣人對彼此的理解，並開啟臺灣社會對話的可能。

"Taiwan is helping"，僑民功不可沒

對於土生土長的臺灣人而言，生活中與「僑務」最近的距離，除了求學階段，班上的僑生之外，大概就是每逢國慶日與總統大選時，新聞報導裡返

鄉參與的僑民數據——這於是讓許多臺灣人對僑胞們形成了「平時不住臺灣、沒有繳稅給臺灣，不一定了解臺灣，卻可以享用一切公民權利，甚至獲得額外福利」的負面印象。

童振源在疫情下接任僑委會，面臨的挑戰之一，就是和臺灣社會溝通僑務與一般民眾的關聯。童振源在此前曾任駐泰國臺北經濟文化辦事處代表（以下簡稱駐泰代表），深感臺泰關係的推動，乃至於我國與世界的連結，都有賴僑胞的大力協助。

就拿疫情來說，去年臺灣捐贈大量口罩到海外，除了展示我國的防疫實力，亦以"Taiwan can help, and Taiwan is helping"口號登上國際媒體；但卻很少人知道，「口罩外交」背後，僑民功不可沒，如「泰國臺僑胞疫情聯合應變小組」，便是由僑胞組成，以「臺灣」名義，將防疫物資捐到泰國參議院、醫院與社區。

童振源當時以駐泰代表的身份，參與了參議院捐贈活動，他表示：「去參議院捐口罩，不是你有錢要捐就能捐，是他們（臺商）事先搭建好和參議院的關係，然後帶我們進去、在參議院開記者會，口罩也是臺商捐、我（作為駐泰代表）出面。我只是出個面拍照，但事情全部都是他們做。」

▌「泰國僑臺胞疫情聯合應變小組」捐獻防疫物質給泰國警察（2020/4/26）

而除了泰國，他也舉北美洲臺灣商會聯合總會名譽總會長楊信為例，指其「千萬口罩，千萬愛心」活動，便是號召臺商捐款，向臺灣購買「MIT」口罩後再捐贈美國。「其實我們有很多僑胞在做國民外交，希望傳遞臺灣的善意，但是在臺灣報導得不多，所以國人比較看不到。」

　　針對疫情下備受關注的「健保議題」，童振源表示，健保是公民權利，只有在臺設籍的公民才能享有，並非所有僑居海外的移民都能使用。他並舉出健保署統計資料，指「總健保收入超過健保醫療給付」，並無所謂「僑民拖垮健保」的現象（104年海外返臺短期復保又停保的保險對象共計5.7萬人，全年保險費收入約3.109億元，其中有就醫紀錄者約4.05萬人，建保支出之醫療費用共計約2.81億元）。至於相應的健保費率、退保機制等，僑胞們也願意配合健保署規範，做出符合情理的調整。

僑務非單方付出，亦非花錢了事

　　「如果只從健保，認定僑胞只用資源，沒有奉獻，並不全面。」

　　童振源接著引用「投資臺灣三大方案」與「境外資金匯回應用管理及課稅條例」數據，說明臺商對臺灣的投資。前者為政府因應中美貿易戰下，臺商分散海外生產基地之趨勢，自2019年推動的三個方案，包括「歡迎臺商回臺投資行動方案」、「根留臺灣企業加速投資行動方案」及「中小企業加速投資行動方案」，截至2020年10月23日止，已有700家企業響應，投資逾1.13兆元。後者亦被稱為「境外資金匯回專法」，自2019年8月上路，截至2020年9月30日，自海外匯回的海外資金達2,157億元。

　　除了商貿投資，僑胞在文化、教育領域盡一己之力，回饋臺灣的例子也不勝枚舉：如祖籍金門的馬來西亞富豪楊忠禮，便曾屢次捐款給國立金門大學，更鼓勵馬國青年赴金門求學。而童振源在任駐泰代表期間，亦見證了來自各行各業的僑胞出錢出力，把來自臺灣

▎泰國臺商舉辦兒童節慈善活動（2019/1/13）

的故宮作品、朱宗慶打擊樂團等介紹到泰國的滿腔熱情。

　　從醫療、商貿、文教、公益……童振源一一盤點僑胞對臺貢獻，藉此表明我國僑務並非單方面付出，更非花錢了事：「（僑務）絕對不是單純我們（僑委會）把錢拿出去（給僑胞）而已。就算把錢拿出去，僑委會又有多少預算？我們整個預算，今（採訪時為2020）年度才12億8,000萬，其中大概¼是人事費，基本的維運加一加恐怕就超過三分之一了。」

「匯聚全球僑胞能量，回來壯大臺灣」

　　正因為預算有限，與僑胞保持合作，有策略地推動臺灣的對外關係，就顯得格外重要。童振源認為：「當地的連結非常關鍵，由當地的臺商來帶路，絕對可以幫助臺灣走出去。我們常說臺灣要全球化，僑臺商是全球化最重要的一個媒介，也是一個重要的引路人，他們不僅有長期經營的人脈網絡，也往往能克服法規、語言、文化問題，乃至於外國政府的政治顧慮。」

　　他舉例，像是我國近期為開拓新興市場而推動的「非洲專案」，便需要僑臺商協助臺灣企業連結當地市場：「我們在南非，有好多能人高手在那邊，好幾位都擔任過世界臺灣商會聯合總會會長。而在莫三比克，國王的好朋友也是我們的臺商……我相信僑胞的能力相當大，人家畢竟在當地已經蹲點二三十年，我們不可能再跑去蹲二三十年，最好的方法還是彼此合作，擴

僑務委員會頒贈「海華榮譽章」予旅居莫三比克多年的黃玉華女士（2020/9/17）

大臺灣在世界的能量。」

　　與此同時，僑委會也利用臺灣農業、科技等方面的技術，支援世界各地的僑臺商厚實其研發實力，並讓臺灣產業更加國際化。

　　「我們需要引路人、需要夥伴，僑胞也需要我們，所以這是一個相輔相成的過程。」

　　「阿基米德說過，給我一個支點，我可以撐起地球。僑委會作為支點，不用撐起地球，只要撐起僑界、撐起臺灣就可以了。」童振源說，僑委會的下一步，是透過僑教、僑生、僑商與僑民的內部整合，以及僑務和臺灣政府各部會、民間企業、NGO的外部整合，槓桿資源，「匯聚全球僑胞能量，回來壯大臺灣。

資料來源：《換日線》，https://crossing.cw.com.tw/article/14481

海外華媒首訪
童振源：打造智能僑委會　升級服務僑胞、壯大臺灣

泰國《世界日報》，2021年5月3日版B6

【記者黃如旭／曼谷報導】「疫情全球大流行，凸顯智能僑委會的重要性，我們必須透過新科技、新模式升級僑務服務，同時扮演『槓桿支點』，發揮臺灣優勢協助僑胞，匯聚全僑能量壯大臺灣。」中華民國僑務委員會委員長童振源說。

童振源日前接受本報總編輯李東憲視訊專訪，他說去年6月接任時，行政院政務委員張景森在布達典禮上告訴他，「委員長的工作是要『坐飛機上班』，到全世界服務僑胞。」但受新冠肺炎疫情影響，國際交通近乎停擺。他認為，在這種環境下，推展僑務工作必須有新思維與革新。

新科技加新模式　提升服務量能

接掌僑委會後，童振源面臨的第一項挑戰當然就是新冠肺炎疫情。

他說疫情持續延燒，此時政府照顧僑胞工作也更加重要。故僑委會去年與衛福部合作，10月1日起啓動全球僑胞遠距健康諮詢平臺「健康益友APP」，平臺內隨時有2位專業醫師24小時提供醫療諮詢，方便僑胞即時連結臺灣醫療資源。童振源強調，這就是僑委會創新措施之一。

第二個挑戰，童振源稱為「結構性問題」，也就是僑委會長年以來的員額不足。他說僑委會目前服務同仁在臺灣有252人、海外57人，全球37個服務處所，要照顧205萬臺僑、4900萬華僑，以及4萬臺商、2676個僑團、1054間僑校、2萬5000名華語教師、38萬名學生，此外還有目前在臺就學的3萬餘名僑生和16萬校友。

面對比例懸殊的服務對象，當他以委員長身份進入僑委會辦公室的第1天，即宣布啓用「全球僑胞服務數位平臺」。童振源表示，「全球僑胞服務數位平臺」提供多元、跨境、且更為便利的溝通方式，建立包括僑委會及海外僑務據點共38個LINE專線，全球僑胞可以透過總帳號「Taiwan-World」連結僑委會總部或各地帳號聯絡外派僑務同仁。

曾任駐泰國代表的他就以泰國為例，其單一服務數位窗口帳號為「Taiwan-Thailand」，無論僑胞在泰國、日本或美國，都能透過這個帳號即時聯繫駐泰僑務組同仁，這就是僑委會努力搭建的「天地線」，為的是日後建立整合平臺。

「單一聯絡窗口可以讓全球僑胞更容易找到我們；接著建立平臺，進一步整合僑區資源、資訊和人脈，有利永續經營、深化互動」，童振源說。

有了新科技，更要有新模式相輔相成，才能再擴大僑務服務能量。童振源說，新模式第1步就是整合會內各處室人力資源；第2是與其他政府部會合作；第3要與民間單位合作；最後第4點就是攜手海外臺商、僑胞及國際機構的合作。

在與民間單位合作方面，童振源特別說明，僑委會今年3月已和慈濟基金會簽署合作備忘錄，未來雙方將結合海內外各據點資源，協助僑胞急難救助事件，加強教育、醫療領域的合作；僑委會也計劃和民間保險公司洽談，準備在越南試辦國際醫療商業保險機制。

至於和海外臺商、僑胞合作部分，同樣在3月份，僑委會已和世界臺灣商會聯合總會合辦「百工百業商機交流會」，邀集臺灣各產業、學術、研究單位及世總會員企業參加，協助海內外優勢產業對接；並先後在泰國、印尼舉辦臺商總會線上論壇。

童振源重申，必須將新科技、新模式導入僑務工作，方得提升服務量能；而「運用數位科技、扮演槓桿支點」，則是僑委會創新僑胞服務的「兩大戰略」。

「三策略、六支柱」推華教　成立「臺灣華語文學習中心」

學者出身的童振源，研究專長包括國際經濟與政經局勢。針對近年中國孔子學院陸續從歐美退場，童振源表示，僑委會積極展開當地僑教資源盤點與部署，掌握推廣華教契機。

童振源說，自己從去年返臺後就一直在規劃這個項目，且除了僑委會外，教育部、外交部也都有參與。他更提出「三策略、六支柱」方案，加強與海外僑校合作，欲透過僑校師資在僑校成立「臺灣華語文學習中心」，並於今年2月至4月間開放申請補助。

童振源解釋，「三策略」包括了運用當地既有僑校，成立社區華語文中

心；與主流中小學的臺裔老師密切合作，並鼓勵僑校教師修習教育學分，爭取進入中小學任教；連結海外僑校和臺灣華語文教學系所及智能教育產業合作。

為達到上述目標，僑委會有「六大支柱」做根基。首先透過實體或數位方式培育華語師資；推廣《學華語向前走》等三套紙本與數位教材，供外籍師生學習華語；分享僑教中心舉辦的臺灣文化活動，讓更多人透過文化學習華語，認識臺灣。

第四根支柱是邀請海外青年到臺灣參加華語研習營、觀摩團；第五，邀請美國學習華語的朋友到臺灣參加「英語服務營」，融入全華語環境，更有利語言和文化學習。第六根支柱是國際交流與比賽，也是僑委會另一項重大創新措施，童振源說，「我們利用人工智慧（AI）技術舉辦全球華語口說競賽。」

去年僑委會與民間單位合辦「全球僑校學生華語口說競賽」，吸引來自27國、511隊，共計1533人參賽。學生們透過具人工智慧評分的軟體參賽，不限次數練習，以最高分為個人成績。童振源表示，今年不但要擴大舉辦，還開放臺灣就學僑生參加。

之後還有「全球僑校學生與僑生華語歌唱比賽」。初步規劃在校園、及各國內部徵選時同樣採用AI評分；進入全球準決賽後，改換視訊方式進行評比。最後一關遴選15名學生回臺比賽，冠軍還能於10月9日的雙十晚會表演，「讓全世界看到僑生的才華與學習華語的成果！」

不僅限於推廣海外華語文教育，專訪中童振源一而再、再而三提到「運用新科技、新模式擴大僑務量能」，充分體現在僑委會各項活動與政策裡。

協助旅緬僑胞及臺商　僑委會責無旁貸

話鋒一轉，童振源提到了緬甸局勢。他說得知緬甸2月1日政變後，僑委會立刻成立線上工作群組，納編駐外及會內同仁，以隨時掌握情勢。據瞭解，目前當地臺商人身安全並未直接受到威脅，但確實有幾間工廠運作被波及，主要因為海關受阻，無法出口，員工工作也跟著停擺。

童振源指出，先前傳出緬甸軍政府會以「斷網」方式阻礙通訊，故他進一步要求駐地同仁必須取得當地臺商及重要僑領、僑團的聯絡手機電話，以免通訊軟體無法使用時，影響急難救助進度。此外，僑委會也配合代表處進行僑胞登錄工作，確認其返臺意願。

線上論壇創商機　信保基金助紓困

　　但無論是緬甸、泰國或東南亞，服務全球僑臺商本就是僑委會重點施政，故僑委會4月起舉辦一系列「僑見臺灣商機」線上論壇。

　　童振源說，論壇主要以連結海外僑臺商和國內企業為出發，從產業交流、合作、吸引僑臺商返臺投資、到產學合作與技術服務等。操作方式包括邀情駐外館處官員、各國臺商會會長、高科技研發與產業、及臺灣部會首長分別介紹當地商機，讓國內企業瞭解海外發展優勢，也讓僑商清楚投資臺灣利基。

　　此外，為協助僑商度過疫情難關，僑委會更開辦海外信保基金「紓困方案4.0」，除原方案融資上限25萬美元外，經金融機構評估後可再提供額外貸款，合計最高40萬美元。信保基金同時成立LINE諮詢帳號，「@Taiwan-Fund」，海外僑臺商若需借貸或諮詢，都能聯繫信保基金。

啟動「僑務4.0」　打造智能僑委會

　　除了會內人員少，政府預算有限恐怕也是另一項掣肘僑務工作推展的緊箍咒。童振源說，要以現有資源服務全球僑胞，僑委會一定要突破。他參考過去擔任駐泰國代表的實戰經驗，準備帶領僑委會將僑務工作從過去的「1.0時代」，逐步轉型到「4.0未來」。

　　「僑務1.0階段」指的是面對面的傳統服務、交流模式，儘管受限多，但卻絕對必要。「2.0階段」指的是數位僑務，這也是童振源所稱的「泰國經驗」，即成立數位聯絡窗口與整合平臺，包括全球僑務榮譽職、僑教、僑生、新創產業、農業、醫衛、產學合作、義務律師等。

　　「僑務3.0」，進入「槓桿支點」階段。童振源說，這是以僑委會為支點，一方面發揮臺灣優勢協助僑胞，同時運用僑胞能量回來壯大臺灣，促成雙贏。他強調，高教資源、醫療服務與技術、新創、高科技、農業、文化、與人才等都是臺灣優勢。

　　到了「僑務4.0階段」，就是打造「智能僑委會」，建構全僑資料庫，此將有助決策支援、提供精準服務，發揮資料經濟綜效，連結政府與海內外人民，加速落實上一階段中，「發揮臺灣優勢壯大僑胞、匯聚僑胞能量壯大臺灣」目標。

「僑胞是臺灣力量的延伸，也是連結海內外資源的橋樑。」童振源強調，「臺灣和僑界的能量，都是僑委會的能量！面對挑戰，僑委會做支點撐起僑界和臺灣，串聯兩股力量，發揮優勢共創雙贏。」

釀時代24　PF0297

 打造僑務工作4.0：
從駐泰數位外交經驗到全球僑務工作智能化

作　　者	童振源
責任編輯	鄭伊庭
圖文排版	莊皓云
封面設計	王嵩賀

出版策劃	釀出版
製作發行	秀威資訊科技股份有限公司
	114 台北市內湖區瑞光路76巷65號1樓
	電話：+886-2-2796-3638　傳真：+886-2-2796-1377
	服務信箱：service@showwe.com.tw
	http://www.showwe.com.tw
郵政劃撥	19563868　戶名：秀威資訊科技股份有限公司
展售門市	國家書店【松江門市】
	104 台北市中山區松江路209號1樓
	電話：+886-2-2518-0207　傳真：+886-2-2518-0778
網路訂購	秀威網路書店：https://store.showwe.tw
	國家網路書店：https://www.govbooks.com.tw
法律顧問	毛國樑　律師
總 經 銷	聯合發行股份有限公司
	231新北市新店區寶橋路235巷6弄6號4F
	電話：+886-2-2917-8022　傳真：+886-2-2915-6275

出版日期	2021年5月　BOD一版
	2021年6月　BOD一版二刷
定　　價	420元

Printed in Taiwan

國家圖書館出版品預行編目

打造僑務工作4.0：從駐泰數位外交經驗到全球僑
務工作智能化 / 童振源著. -- 一版. -- 臺北
市 : 釀出版, 2021.05
    面； 公分
BOD版
ISBN 978-986-445-469-3(平裝)

1. 僑務 2. 行政

577.21   110006889

讀 者 回 函 卡

感謝您購買本書，為提升服務品質，請填妥以下資料，將讀者回函卡直接寄
回或傳真本公司，收到您的寶貴意見後，我們會收藏記錄及檢討，謝謝！
如您需要了解本公司最新出版書目、購書優惠或企劃活動，歡迎您上網查詢
或下載相關資料：http:// www.showwe.com.tw

您購買的書名：_____

出生日期：_____年_____月_____日

學歷：□高中 (含) 以下　　□大專　　□研究所 (含) 以上

職業：□製造業　□金融業　□資訊業　□軍警　□傳播業　□自由業
　　　□服務業　□公務員　□教職　　□學生　□家管　　□其它_____

購書地點：□網路書店　□實體書店　□書展　□郵購　□贈閱　□其他

您從何得知本書的消息？

　　□網路書店　□實體書店　□網路搜尋　□電子報　□書訊　□雜誌

　　□傳播媒體　□親友推薦　□網站推薦　□部落格　□其他_____

您對本書的評價：(請填代號　1.非常滿意　2.滿意　3.尚可　4.再改進)

　　封面設計____　版面編排____　內容____　文／譯筆____　價格____

讀完書後您覺得：

　　□很有收穫　□有收穫　□收穫不多　□沒收穫

對我們的建議：_____

_____

_____

_____

11466
台北市內湖區瑞光路 76 巷 65 號 1 樓

秀威資訊科技股份有限公司　　　收

BOD 數位出版事業部

....

（請沿線對折寄回，謝謝！）

姓　　名：＿＿＿＿＿＿＿＿＿　年齡：＿＿＿＿　性別：□女　□男

郵遞區號：□□□□□

地　　址：＿＿＿＿＿＿＿＿＿＿＿＿＿＿＿＿＿＿＿＿＿＿

聯絡電話：(日) ＿＿＿＿＿＿＿＿＿ (夜) ＿＿＿＿＿＿＿＿＿

E-mail：＿＿＿＿＿＿＿＿＿＿＿＿＿＿＿＿＿＿＿＿＿